Souls in the Mist: A Tale I Lived

MÓNICA DEL VALLE

BALBOA.
PRESS

A DIVISION OF HAY HOUSE

Balboa Press books may be ordered through booksellers or by contacting:

Balboa Press
A Division of Hay House
1663 Liberty Drive
Bloomington, IN 47403
www.balboapress.com
1 (877) 407-4847

Print information available on the last page.

ISBN: 978-1-5043-9635-6 (sc)
ISBN: 978-1-5043-9636-3 (e)

Balboa Press rev. date: 02/01/2018

Table of Contents

Mónica del Valle's writing is able to catch through the town's own manner of speaking its deepest soul. San Miguel stands up for the readers and bewitches them.

Aline Pettersson, writer.
Member of the National Endowment for Art Creators (Mexico)

TITLE: **Souls in the Mist: a Tale I Lived**
Title in Spanish: Almas en la Bruma: Una historia que viví

First English Translation: Regina Luria
Final English Rendition and Edition: Ricardo Jara

Cover Design: Edgardo Kerlegand, MA

"One of art's wonders is it can see anything it wants; it can speak for anybody and through anyone to say whatever it wishes, and have them do just about anything.

As our writer has created an atmosphere from this beautiful village —there are so many in our country— I likewise tried to portray one of these extraordinary women. It might be aunt Tere, or maybe the youngest of them all, or maybe she isn't even in the story. Perhaps she just walked by and no one wrote about her, and so I painted her".

—*E. Kerlegand*

Inscriptions and Acknowledgements

To my mother
who must be happy
and to aunt Lucy

To my two Josés:
my vecchio and
my partner (during those times)
two fundamental men in my life (always)

To my friend Marco
for everything he has given me

To all, who unknowingly,
helped me reach San Miguel
and the bottom of the souls of its people.

To Paco, Marisela, Marco, Vicky, and "Oso"
for all we experienced together.
And the good times we had.

To Blanca and Adrian, and to Lety,
for their company.

To those who encouraged and helped me put it in writing…
and to do it well, as it should be, as God would have it…
…Aline and the workshop friends

To Edgardo and to Ricardo, for seeing beyond what's evident, and for
rendering it.

To Benny and Chucho, for their guidance and advice.

To all my beloved ones

and, of course, to all the *SanMiguelans*, for adopting me.

Prologue

Danicahue: Indigenous voice that means "Hill amid mist."
It could be the last name of the village,
as is customary to baptize the towns in Mexico.
Wonderful and mesmerizing place
that for the effects of this story will be called San Miguel.

In 1981 we arrived for the first time at San Miguel with little idea how we would be received.

Their response was a cordial one, so we returned in good spirits a few months later with a large work plan, questionnaire formats, and having selected a sample of the population so we could study the inhabitants. Our target would be about twenty five percent of the town's population, so we chose eighty families from the more than three hundred available. We wanted to have previous statistics on everything there was and would be on this period before the arrival of television to the village; and then, after TV came to town, return every now and then to repeat the exact same study, to see what happened.

People were polite with us, but they started to finally like us —we think this is why— because they saw how much effort we put into the project.

We noticed that in time children, *the muchitos*, would follow us around, and that helped them trust us. They also realized that unlike groups from other institutions who only visited them once, we returned time and again.

We worked very hard. We mapped out the town, marking where each house was. We interviewed each and every one of the members of the eighty to ninety families that made up the sample and, of course, learned by heart their names and their family relationships, friendships... and even rivalries.

Slowly we got to know each other better. The thought of returning became easier and more exciting each time. Our return trips were planned with even more pleasure. We felt more and more identified with the people and the town every time we came back. That's when we realized that —as they say there— we had drunk water from the river.

The river is a place full of magic where one washes and plays, where mythological snakes turn up and fairies and goblins appear; it's where people go to have a good laugh, or to cry, or even reproduce. And its waters are enchanted, and if you drink from them your spiritual navel is immediately stolen from you, and it gets buried in its sandy depths. You belong to San Miguel now.

Returning so often and for such a long time —over six years— family number twenty-three was no longer just a number and slowly but steadfastly became my Mama Lancha's house with her ten kids and more than twenty grandchildren, my shelter, company, and counsel. The same happened with number fifty-six, Doris' house, the friend I go to the village dances with.

The butcher turned into uncle Temo; the store owner into Emma; the *amuzga* old lady from the mid Isthmus, who we chatted with, became grandma Petra; and our first landlady turned into aunt Cata, the woman who made those rare moments of rest into something delicious with her conversations full of sayings and wonderful phrases, jumping from one idea to the next, where the mention of a name would plunge us into an anecdote or a whole different story, impossible to reproduce in order —or out of it. Listening to her was bliss.

Our hearts seemed to stretch wide as we lived so many moments together. We shared so many experiences and feelings: grief over losing some *SanMiguelans* —in some cases prematurely—, worries about the physical or economic well-being of others, not forgetting a heart skipping when courted by a swarthy affection.

I was once offered a piece of land to call my own, to stay to live there —even more than my heart already does. It's just a reflection of what we've felt for each other, and how loving these people are, these townsfolk that Saint Michael himself guided along the way to those settlements of God.

This book is not the statistical approximation study of the population that was expected. I think *I* wouldn't do any justice to all that I have received if I didn't share it with the same measure of abundance with which it was given me. Very dear people live on this hill, and it is their feelings and voices I would like you to hear, with no other intention than to rejoice in their echoes, even if they lead us tumbling down in the style of aunt Cata's conversations. The names and locations, of course, have been changed. I want San Miguel and its inhabitants to be known, but I don't want my people to become quick gossip in mouths of others —as they're wont in small towns.

I should say that I was told some of the things you'll hear, and as such I repeat them; others, as the Jaime Sabines poem says, I don't know for sure, I just guess them so.

Of course although whatever you will read in this book was inspired in real events and true stories, they are all mixed and none of the names and locations reflect any specific place where the plot takes place nor reflect the legal name of any individual.

Guerrero, 1989

Last Day of October

In her green-girl days, Tere was strong, spirited and joyful. Now she felt tired, very tired.

The previous day she had finished making her *pan de muerto* very late at night; and later still she'd set up her altar, something simple with no arches nor nothing because she didn't have a husband or son who could weave it, and her grandsons paid no attention to her... But no matter, since it was for the little angels, and sleeping children aren't too fussy. With some trouble, aunt Tere lay down in her hammock and closed her eyes:

"I'm very old now, and get very tired, a lot... What if I took them up on their invitation already?"

Tere used to say she spoke with the departed; that they came to see her in dreams and she could tell them apart right away. Sometimes they invited her to go out for a stroll, but sometimes, she said, they wanted to take her with them:

"But I say no, I'm not stupid. It's not that I'm scared of dying but I just don't feel like it just now. What am I to do there in the ground all day? No, I don't like that."

She said her acquaintances visited her, people from her past with whom she liked to talk to and who spoke as if they were awake.

It wasn't yet nine, but since Tere had been up since six, she'd already finished with the few odd jobs she used to do every morning, sweep, make coffee, give the chickens and hens their grains to feed. She'd finish quickly and get bored a lot. In the past, looking after her grandchildren gave her pleasure, but now the boys didn't even pay attention to her, and were even rude at times. Of the two girls, her Carmelita, "Melita" for short, had left over a year ago, after getting knocked up by that boy from Miahuatlán. And Rocío, whose nickname was "Chío," lived practically across the street at Lalo's house, her father-in-law; however, she could barely even peek outside, because her man, Pancho, Lalo's son, was very jealous and used to beat her. Everyone in that house was very peculiar.

1

A little while ago, when Chío was going to bear her child, they didn't even send for aunt Tere, not even when the poor girl almost died.

"They didn't want to splurge on a private doctor, so they called don Marcos to tend to her, but what's that man going to know about when things get complicated?"

Don Marcos wasn't like Imelda, the midwife who helped her when "Mela," her daughter Carmela, was born; she knew what she was doing, and she even stayed with those recently delivered for a week helping them with the household chores. Don Marcos didn't put his heart in it.

Aunt Tere had prayed to the Holy Lord of Petatlán —who is very miraculous and kind— to be allowed to see her great-grandson, but it hadn't been God's Will for that to happen:

"I don't know if when the next one comes he'll find me here; I'm so old. My feet hurt a lot... they so hurt a lot. Look here, see? See if I'm not *pateca*..."

She didn't sense when Carmelita approached, but suddenly there she was, tall, pretty, with her delicate features and her loose black hair.

"Oh, it's so good you came! But I thought I'd see you tomorrow or the day after. I invited you —what, fifteen days ago and never heard back..."

"I just stopped by to say hello, I'll stay longer on Friday."

"Make sure your mom doesn't come, she won't like it one bit. How's your little one?"

"He's being cared for but I'll send him over tomorrow for his candy and bread."

"Your *muchito* already eats bread? How time flies!"

"Grandmamma, it's been almost a year and a half since I left."

"A year and a half? Why'd you leave us, girl! Your mother and myself are alone; every now and then someone barely remembers us.

No one came to see them; they didn't even come by to say hello. Teresa remembered. How different it was from when she was a kid! There used to be respect and tradition, with parents, with grandparents.

What were the chances of girls just running off with any man? That didn't happen back then, at least not with good girls like her who obeyed her parents —unlike them Indian girls yonder; they certainly did. Aunt Juana was an exception. Although she had been living in San Miguel for many years, she still kept her Indian accent when speaking.

About thirty-five years ago, straight from the coastal *Amuzga* region, aunt Juana arrived in San Miguel and meant to stay. She arrived with her husband looking for good lands. They found them, asked the municipality for permission to settle, and got their share of lands and a lot right in the town center, behind the old Romero house.

"Now I live more sideways 'cause they need space for to make park. First I want not, no, 'cause that house left me my old man. But says my son I not worry, yes, that they give me other piece."

Her new house is now about ten meters from where she lived. It's a room that has one short bed —Juana is barely a meter forty tall— a few small chairs, and a table that doubles as an altar and which is full of images of saints and Christs and the Holy Father, as well as endless herbs and amulets. On the walls, hang one or two mugs and some market bags with fruit.

Outside her door is a clay pot with fresh water covered with a plate and a small portable stove where aunt Juana cooks what little she eats. Aunt Juana has a nomad's soul, so with the excuse of selling herbs and healing people of evil spirits, she shuts the doors to her house, ties the metal rings with a little ribbon, and goes on God's roads, certain that she'll return in ten or fifteen days.

"Sure, no problem, yes, God keeps."

Aunt Juana leaves with her load and crosses all of San Miguel till she reaches the highway. There, she waits for a bus that will take her to her destination; it can be Santiago, Santa María, San Juan or wherever her heart leads. She's been doing this a long time. She knows people everywhere and since she's a good woman, she's always well received. They offer her a cup of coffee and bread and lend her a *petate* to sleep on. She pays for the hospitality with her herbs, or rubbing down someone who's ill.

"Have many friendships 'cause I rub, yes."

Sadly she's got fewer clients now. Younger people no longer believe in rubbings or that one's soul can be frightened away; they prefer fast medicine.

"My granddaughter, Aida, want learn trade herbs, but I say she not get a penny 'cause nobody likes it now, yes."

She says she's sixty-eight years old. Her face looks ninety, her body straight and strong looks fifty, and in her heart, she is still the same fourteen-year-old who was just married off. Aunt Juana doesn't forget recent events —as it happens with older folk, like aunt Clara— and things that happened sixty years ago are still fresh in her memory too.

"Just fourteen when they come ask hand. You not talk to boyfriend then. I not wanted, I cry, I win one time and they go away. Three months after they come again, and mother say 'no, you now marry, you stubborn, you big girl now and father give you away already.' Well, what you say, I say crying. I agree and I marry, 'cause what mother says, you do."

As aunt Juana tells it, neither of them was in love when they got married, back then it wasn't important, but with time she settled and at last they were happy. She remembers her mother used sharp methods to convince her.

"Yes, in years twenties they go and revolt and they start and take away girls: Take one my cousin, the boyfriend cry and cry, 'cause they almost was marry soon. But good thing is she run away. In moment they not look, she go out… That is how my mother scare me, 'cause marry girls they not take; only take the widows, the girls not marry, the young, but marry girls no."

And so it was that Juana Ríos y Alderete was married, by church and state, to a man she didn't love, in fact, she didn't know, but whom as the years went by, she came to tolerate and eventually settle for. It was a priest who told her to be patient, because Juana, desperate with her husband's drinking, wanted to leave him. But the priest told her to carry her cross, and so Juana bore it. That is why now, that her children are married and that she's been a widow for a long time, she packs a box of herbs and some change, grabs her *rebozo*, and leaves happily whenever she feels like it. She obeys no one anymore, she's accountable to no one anymore, and puts up with no one, like thirty-five years ago, when she arrived from the *Amuzga* region to stay in San Miguel.

Aunt Tere, on the other hand, had married older; she was around sixteen and they had also gone to her house to ask for her hand, everything by the book. She didn't want to, but she had to obey her parents. She went to live in Copala with that man. They flew there because in those times there were airplanes in San Miguel.

"The hills and the town looked so pretty from above!"

She was a bit scared, but it really was better to travel that way to Copala, since besides the airport, there were no roads to get out of her land; there was only a worn path and it took three days to get there on beast or on foot. And so she went to live in Copala with her husband, but she didn't care for the city one bit. One day she made a decision: she took all her belongings and told her husband she'd go on a trip to see her town, her San Miguel. And she never went back to him.

"A jackass I am if I return," she said.

Back then, people were rising up in arms, and the deserted husband joined the *Cristero* movement —and had such bad luck that he was soon dispatched. So now a widow, Tere doubled down on staying in town. Strangely enough, in spite of her rebelliousness, her father let her come back home; he needed someone to make *tortillas*.

"I was happy since I always liked to grind the *nixtamal* on the mill and throw *tortillas* on the *comal*."

The *nixtamal*... the mill... Aunt Tere opened her eyes. Carmelita was no longer there; perhaps she thought Tere slept and left without making a noise. What a girl! If only she'd never gotten pregnant!, Tere used to say again and again. She got up with difficulty, looking for the cane she used for support sometimes, but she didn't find it.

"Mela, Carmela," she called to her daughter, "see if one of the boys can take these things to Eliseo... Have you seen my stick?"

"It's here, mamma, you forgot it next to the stove. What is it you want the boys to take? —being in the street is all they really like; I don't even know where they are."

"Then who can take this to grind? I can't do it alone and what if you fall? Or, you know what, let's just not make nothing."

"What do you mean we're not going to make *mole*! The souls in purgatory are going to raise a stink. Some kid'll come by and we can ask him. Wait a bit."

It didn't matter much to Tere. Slowly, rocking side to side on her feet as she walked so it wouldn't hurt so much, she went to the kitchen to make *tortillas* for lunch, like when she was a child...

"Give me your hand, mom."

"God bless you. Go now, go help your father clean the *milpa*, and then hurry back to grind the *nixtamal* on the *metate* to make *tortillas* for everyone."

5

Ever since she was little, Tere had been hardworking. In fact, all the San Miguel women have a lot to do when they are young; but aside from working at home, Teresa would also help her dad in the fields.

"I was great at cleaning the *milpa*; I'd strip a piece of hill nice and quick."

But what she liked most was to throw *tortillas*, though it meant grinding the corn by hand because in those days there was neither electricity nor mills like the ones we have now. Aunt Tere would boast that even now at sixty-six —really sixty-six?— at so-many-years-old she still made *tortillas* like a young girl. Her sight, however, wasn't that good anymore and sometimes she'd burn herself with the hot *comal*.

"Well, I must be really old if I can't see well."

Nino's arrival was heaven-sent. He peeked into aunt Tere's house to see if she needed anything. He had gone there and to other houses very much against his will because he was much too old to be running errands now, but his grandfather was ill and he needed the money:

"Afternoon, aunt Tere, I came to see if you needed anything."

Squinting her eyes, Tere tried to recognize him, "Who are you, boy?"

"I'm Saturnino Bustamante."

"Josafat's son?"

"Josafat's nephew, son of Aurelia."

"Oh, right. Is it true uncle Anselmo's sick?"

"Yeah, my grandpa can barely move. It's why I came to see if I can help run an errand."

"Well, yes… Mela! Mela! Give this boy the *chile* and the rest of the stuff to take to the mill… Poor Telmo!"

Anselmo, or "Telmo," is Nino's grandfather. He turned eighty-six and his body isn't lean like it used to. Well, he's still thin, wiry even, but his back is getting so hunchbacked he almost looks like a question mark. That's why uncle Telmo almost never leaves his house anymore; he sits in his hammock all day, barely moving or talking. His only entertainment is remembering all the women he had and playing the flute —because uncle Telmo is a musician, he sight-reads and all. He apprenticed with Master Colmenares back when music was appreciated in San Miguel.

Uncle Telmo couldn't care less about whatever happens in the world. He doesn't even watch television —imagine that! He lives with his daughter and grandchildren in a tiny house with a palm roof and stick walls through which you can see the inside perfectly well, and it has no electricity. And even if they did, they're so poor they couldn't buy a TV. Uncle Telmo only cares about what happens in town when people call him to say psalms for those who've perished. He is the official singer at requiem mass, at wakes, funerals, and the cemetery. He's paid one coin for the responsory.

"If I charge more the souls will punish me."

Bad thing is when he passes, no one will be left to sing to for the dead anymore. Nobody's interested in what he has to say, much less in what he's got to teach.

The only one who gives him any thought is his grandson Saturnino, but he has little time left for the old man since he's always running here and there, working odd jobs to make a few pennies to support his family. His older brother, the married one, helps out however he can, but ever since he was a boy, Nino carried most of the weight of the family's responsibilities. Between grandpa Telmo's prayers and his odd jobs, they managed to support his mother and sister. The bad thing was that after he turned twelve other boys sometimes made fun of him —real men don't run errands anymore— so he'd end up in fistfights, losing the money, and losing out on the errands.

Now that he is older he almost always works as a bricklayer, because he never finished grade school. He wishes he had studied some more though, he wanted to reach high school at least, maybe leave poverty behind. But his mom said he was no good at it.

"Oh, this one's like an animal, he didn't learn nothing. He just went to school to hit kids."

And Nino laughs. It's true. He was always getting sent home for knocking someone out. He was barely in fifth grade when he left school for good.

That is why Nino goes back and forth doing errands and chores. And if he doesn't make enough, he goes to Copala as a bricklayer or a day laborer or whatever is available; now more than before since they don't even have the little his grandfather made praying. He is already of marrying age, but he doesn't dare do it, thinking how difficult it would be to have another mouth to feed, although of course his wife would help his mother in the house and care for uncle Telmo.

"'Cause a woman is meant to stay and keep a home and if she doesn't like it, good riddance! With so many women in the world, it's no skin off my back."

Right now, what worries him is the money for Anselmo's medicine. Nino doesn't readily admit it, but he loves him a lot. And he needs him. After all, Anselmo is Nino's grandfather.

Aunt Tere and uncle Telmo had been kids and youngsters more or less at the same time. She was, however, well born —she even wore earrings. Anselmo, on the other hand, had barely scraped by, but he was a pleasant man —chasing skirts when he was young, and very devout in old age. And always with his flute. Those were the days, youth and childhood!

Aunt Tere had been raised in San Pedro, which hadn't been more than a hamlet settled by her own countryfolk. She remembered how they often went to San Miguel to buy lard and oil. It used to be smaller. And darker, since there was no electricity… She also remembered the town as being livelier. There were music bands, they played *vihuela* guitars, they danced *chilenas*. She always enjoyed dancing, and could do some heavy dancing, all night long. Now that she was old, she didn't go to dances anymore because she got very tired quickly; and they were more for younger crowds.

"Not like in my days, back then everybody came to dance."

In the past, every last day of October, at night, young men would take up their instruments, and go house to house with serenades. People would invite them in to eat some *mole* or *tamales*, drink hot chocolate and eat *pan de yema* or even down some *mezcal*. They drank and ate very little bit because they'd do the same in every house, but this way they'd cheer everyone up. It was the beginning of the days of the Dead celebration. Now, it was another story; almost no one knew how to play instruments and serenades were old-timer memories. Most young men were already drunk by that hour… her grandsons were surely wasted, which is why it was a stroke of luck that Nino came to take all the *chiles* to Eliseo's mill.

"Poor boy. Why won't his uncle Josafat help him out? God knows he has the cash…"

Sometimes aunt Tere thought that the people of San Miguel were "plainfolk," like they say there, and that they pull together when necessary.

"But, now I think of it, that hardly never happens anymore, much less if it's about money; everything's changing."

The bells began to ring for the little angels; it was noon. They would peal at intervals until the following day announcing the arrival of the little ones, of the *muchito's* souls who left before turning twelve, and who on this day come to feast on what people lay up as offerings. All the altars, with or without arches or in the shape of a tomb, have *pan de muerto*, *tamales*, chocolate, and sometimes *atole* or soft drinks, candy, gum, and sweets. If possible, there's fresh cheese, the child's favorite toy, some fruit, apples, oranges, guavas.

Of course, be it an angel or a deceased adult, you always find orange *cempasúchil* flowers, a votive candle up front to guide the soul, and a glass of water to quench their thirst. Leaning against the wall, in the back, are pictures or figurines of the Patron Saint according to each family's worship. *Amuzgo* people also burn a bit of *copal* incense under their altars to fill the space with its scent, and make a path of petals leading from street to altar. This way, they say, souls have no excuse not to come visit.

This for sure hadn't changed. These traditions were the same and she didn't expect things to turn different. She didn't even doubt their permanence. However, it was true that people were cash-strapped and they didn't set up altars like before. Life was better back then, the town was more prosperous. Like those times when there were airplanes, for example. There was a very rich man who had coffee plantations and used to come to town.

"What was his name? Who knows! Now that I'm old, I forget if I'm coming or going."

Anyway, the point is that many people in San Miguel worked for this man in the coffee business. He'd pay around one fifty a sack — which was a great deal forty years ago! No wonder everyone loved him and was happy working for him. There were some rumors though… that he'd made a pact with the devil and that's why the harvest was so plentiful; but in return, the devil asked for the life of one of his people, every year, on the days of the Dead. This went on for a long time, till one day Lucifer took his only legitimate son and the man stopped dealing with him. Ever since, the town's been down on its luck. The only reminder left of that man is a son he had with a girl from San Miguel.

They say don Miguel was already long in the tooth, almost forty, and she was very young. They say that's how he likes women, tender aged, that he gets bored when they hit thirty. But they also say he must be losing it already, because the last one he married is thirty-one. Then again, he just turned ninety-two. And lives in Chilpancingo. Arturo, his love child with Angela, turned out to be quite a solid guy; he's even had a government post. Arturo is hardworking and takes care of his mother. His father has helped him and "Turo" has been wise to take advantage of it. He's well liked in San Miguel. They say he takes after his dad. Who knows...

Lying in his hammock, Arturo watched his mother come and go.

"She's getting so old! Who'd say she was one the most beautiful women in town!"

Turo wears jeans, polyester short-sleeved shirts, and sneakers, and around his neck he's got a gold chain. Almost no one in town has the things he has. No one in San Miguel lives like he does.

Angela too saw her son. Devoting herself to him had certainly been worth it; her son turned out to be a good man. And, from a distance, the father always kept an eye on him. He gave her "her place" and made sure they lacked nothing. Don Miguel never married "Gela;" the town was just a stopover and he never meant to settle there. Angela remembered when she met Miguel. He was handsome and had a great future ahead. San Miguel was a small and hidden municipality, but it had been an important coffee production center. The harvest was collected from all around and brought to town for processing and packaging, and then sent off far away. Since back then there wasn't even a dirt road to ship it to Copala, Chilpancingo, Mexico City, or the rest of the country, Miguel had an idea: he built, or rather he improvised, a small airstrip near the town's entrance. San Miguel was then communicated by air, and the people could go to Copala or Chilpancingo without having to walk or ride a beast —as long, of course, as they could pay the plane fare.

Angela was becoming a young woman —going on thirteen— when Miguel met her and started courting her. At first she didn't pay him any attention; he seemed so old and so distant. Whatever arts he used to conquer her is something "doña Gela" will take to her grave. But the point is that one fine day she realized she was pregnant. From the moment Arturo was born, she hasn't troubled herself with anything else in the world. And it has been many, many years since she's had a night of love.

For a while there, don Miguel made visits to San Miguel; he kept up with the boy's progress, and answered for his actions and expenses. Arturo remembered his father's pride when he learned he was elected Mayor of San Miguel; though his father hadn't said anything, Turo could read it in his eyes. Arturo always assumed himself different from others in town, from the color of his skin to the way he dressed, and even his aspirations; which is why in 1982, when TV transmissions finally got to town, he and his family had been already waiting for two years, with the antenna installed and two televisions prepared to receive it.

"Hell yeah! I wanted to see the first thing there was to see."

He didn't marry a woman from town. He went looking for her elsewhere, really pretty, with light eyes, because he wanted beautiful children. And it worked. Perla did her part and with Angela's beauty on his side, the result was four very handsome children —two boys and two girls. When Arturo was Mayor, they were very young; Arturito was about ten and Miguelito eight. Those kids were very modern too. At that age they were already driving, though uneasily, the jeep, and taking their mother to the market.

"Of course now," says Perla herself, "Victoria Gutiérrez, the current Mayor's wife, doesn't even go by car; she has servants and maids who she sends for things, or she stocks up in Copala. That's what rich people do now, they go to Copala."

Arturo's decided that his children would amount to "something more" in this world, that they'd study and leave San Miguel. He says there's no work in this town. So he bought a small property in Copala for Arturito to stay in when he went to high school. Eventually, as the kids grew, he decided to move the family to Chilpancingo. Now they live there, and Arturito is majoring in industrial design.

"Pity you can't live off of that in San Miguel, but that's what my son wanted…"

Arturo spends some time in Chilpancingo with his family and some in Copala looking after his business. They only go to San Miguel on holidays, to visit their grandmother, like now, during the long weekend of the days of the Dead. The girls help doña Gela set up the altar, and chat with her as they get ready to go see their dearly departed at the cemetery. The boys rest and become supremely bored. There is no entertainment here like in

Chilpancingo, and they dislike getting drunk all day with other guys from town. Forget about getting married here! They don't get along with any of the girls, and besides… no, not really, no. Maybe if one of them were pretty, maybe if one were generous, then they could agree to something like don Miguel and their grandmother Angela. Sometimes Arturo thinks that too. But he wants his sons to get out of all that. He's a visionary, like don Miguel; not for nothing they say he takes after his dad. Who knows…

Skipping from memory to memory, that's how aunt Tere passed the days. She had little else left; she barely ever left the house. Even if she wanted to, her legs didn't allow her to; and even if they did, it wasn't well seen for a woman to be just walking around as if she had nothing better to do:

"I have little business myself, in the afternoons, but I don't go out, no. The things they'll say I'm looking for in the streets! Not me, I just go to church."

Nino returned with the *mole*:

"All done, aunt Tere. Marina said she'll send someone later to fetch the money for the grinding."

"Oh, what, she was there, herself?"

"Of course, you don't really think they'll pay somebody to be in charge, do you?"

"So much money they have, and my godson Cheo is so tight… so tight with money."

"Yes, well. I'm leaving now," said Nino, hoping for a tip.

"Hold on, let me go get something for you and your grandfather," said Tere as she wobbled into the house, "it's no big deal, but it's something."

She came out carrying a bag with four or five pieces of *pan de muerto*: "Here, I hope you like it."

Nino didn't even get mad; he just laughed it off.

"Oh the old crow! But she sure chewed out don Eliseo."

Eliseo, or "Cheo," pushes forward with difficulty. Worse now that he's getting old. He doesn't really like to go out because he can hardly walk anymore. Who'd have said it! He, who thought he had a full life ahead of him:

"But the fun I've had, nobody can take that away from me."

Cheo was one of the best looking guys in San Miguel; he and his brothers always had girls to have fun with. His personality helped, charming and jolly. He used to enjoy, and still does, inviting friends over for some sodas, he calls it, though it's really *mezcal* or beer. Everyone in San Miguel knows him. He's got the showiest house in town, two stories high, with billiards upstairs, and downstairs his bedroom, dining room, and kitchen, and a great big porch held up by arches where he spends the afternoons lying in his hammock watching television —after all, he's got a satellite dish and color TV. Or sometimes he spends time there with friends having sodas. Or doing both things:

"Well, you tell me what else one can do; there's no entertainment here."

The gunshot happened a long time ago. And not in San Miguel, of course not! Everyone here is peaceful, it's a very quiet town. No, it happened in Pochutla. Cheo was young and easily in love. Though he was already married, his wife had stayed in San Miguel. So he came, young, handsome, and arrogant, riding his horse. He quickly got together with friends for sodas. There must have been many because —his family always had money— he remembers having spent a lot. The alcohol got him hot and bothered, and fueled his desire for a pretty girl in the crowd. He quickly found one to his liking, circled around her, and finally invited her. The thing was afterwards, with the girl sitting on his lap having the time of her life, her boyfriend or some sweetheart happened by and didn't like what he saw, so he took out his gun and shot him.

"It's a good thing that chump didn't aim right and he just got me in the leg."

Ever since, Cheo changed his ways. He hardly goes out anymore:

"What's the point? I don't even like it."

He does, however, still drink, a lot. A little while ago it got so bad he almost died, and they had to put him on a saline drip, but he still doesn't get it. Maybe he quits for a few days, but sooner or later he's inviting friends over for sodas on the house porch. Saturday afternoons are the preferred day; there's hardly a man in San Miguel who doesn't start drinking at that hour and all through Sunday. Women are used to it by now and say nothing about it.

Marina, Eliseo's wife, knows that she can't count on him during the week, much less on weekends. On her own, she has to look after the ice cream shop they have next to the house; and early in the mornings, of the *nixtamal* mill, since it's the handiest one for those who live downtown. Even Carmela and aunt Tere grind their *nixtamal* there, in spite of the row they had with Marina over some buckets she stole; well, that's what they say, Marina says it was the other way around.

But she can't complain, this woman married one of the most desirable young men in San Miguel. They hadn't been able to have children, but according to them, that allowed for more comfortable living:

"No, look here, when people have lots of kids, well they can't make ends meet."

So that's how they were able to build their two-story house. Cheo later bought her a fancy dining room set with a china cabinet and all —only the Mayor's wife and Marina have one like that— he then bought her a blender, a mixer, a radio-tape recorder, and of course, a color television. Just a while ago he arrived with a surprise: a satellite dish to see all the channels without interference. Now her evening soaps look real pretty.

Cheo is one of the richest men in town —you can tell from his house and what he owns— but people don't like him much. He's a loan shark, that's how he made his fortune, and heartless too, charging twenty-five or thirty percent interest. Twenty if you are close friends. He rents rooms, small rooms, with only one light bulb and one socket at two hundred or two-fifty a month, without meals or anything else. When he lends money he makes people sign papers and if they don't pay him, he even lawyers up.

Letting go of money pains him more than having teeth pulled. He'd rather have his wife work all day while he lies in his hammock, than pay someone to do things. People spend time with him because when he gets drunk he pays for the drinks —it's the only time he's generous, and it happens often because it's his only entertainment, so he says. He prefers to drink all afternoon or watch TV. He doesn't really like to go out much. He can hardly walk anymore.

Tere watched Nino fade away until he became a blurry figure headed to City Hall looking for a job.

"I'm going to start making my *mole*. It's so late now, God forbid the little angels happen to get here and there's nothing for them…"

Nino brought her the paste but Tere had made sure to send off all the necessary ingredients. She went over the list out loud: *pasilla chile, ancho chile, mulatto,* and *chipotle…* sesame seeds, onion, garlic, chocolate, *pan de yema*, raisins, almonds, pepper, clove, aromatic herbs, peanuts, bananas, nuts, and cinnamon… was that all? Well, she would add the tomatoes and the hen broth later.

She looked for her big clay pot, one she had made herself about ten years ago. She used to make pots and casseroles but not any longer; she was old and it annoyed her quickly now, also no one wanted them anymore. Young girls today didn't know how to make them nor were they interested in having them made; they'd rather squander their money and buy them in the market at Copala. In any case, she took out her casserole and spread lard where, slow but sure, she would fry the paste.

"If you don't fry it right, the taste of it keeps coming back in belches after."

She had all the time in the world so, again, without noticing, her mind slipped into thinking of those who had left already and who sometimes came back, as if in dreams, to chat with her. Several who had grown up with her were no longer present; some had passed very young, others a short while ago. She even remembered Evodia, that silly girl that died when the revolutionaries arrived, took her to the hills and raped her. Poor girl, she was so scared she died right there, and how could she not, she was younger even than Rocío.

How different were things now! Tere had never given her father cause to be cross with her. Even for her second marriage, though she had been married before, they formally asked for her hand once again, and followed tradition: The boyfriend's parents met with Adalberto Loaeza, her father, to ask for her in marriage. After he consulted with Tere, the future parents-in-law returned with the Present —turkey, bread, *chile, recaudo* broth, *mezcal* and cigarettes— to close the deal and settle the wedding date. That was her second husband. Tere soon realized that he was an irresponsible bum and a drunk, and suffered quite a bit with him. Much to her relief, it didn't last long; in a few years the man died.

"From drinking, that's why he died; 'cause people die a lot from that here, from drinking."

Then she met Severino Fenelón who turned a pretty phrase when courting her and wanted to marry her. But Tere said no, that she was married before and hadn't like it. She said they could live together if they wished, and that would be much better. She had Carmela with him, her only child. The bad thing was she was sickly, even as a kid. Who knows why.

"My girl is all in a bad way."

"I used to have these attacks, you see," says Mela, "now I don't, now I only get so dizzy that I fall."

And when the poor woman has those dizzy spells, either she grabs onto the first thing she can, or she tumbles and cracks open her head. That's why she doesn't go out in the streets alone, she's hardly ever alone, she's always with aunt Tere. Recently she wanted to surprise her mom by making her some *tortillas,* because she says nobody makes them like her —like aunt Tere— when suddenly she felt faint:

"Just as I put the *tortilla* on the *comal,* I felt sick and fell, you see, and I cut my head open."

Still, with her lightheadedness and all, Carmela fixed on getting married. She says she had five children but she lost the last one, because her mood had soured, as they say. The doctor even told her that she didn't want the baby.

"Can you believe that? That I didn't want my kid!"

Long story short, four children survived —two boys, and Carmelita and Rocío. Mela is sure that they have to love each other because they're true siblings sharing the same mom and dad. However, their father didn't want to keep them for long, so one fine day he left for Pochutla where he has another woman. Mela didn't like being abandoned just like that, so she got the soldiers to go fetch him.

"I didn't want any more hassle; I just wanted his divorce. They did the papers at City Hall and I handed him back to that woman."

In this way Carmela, like so many other women in town, had to take charge of her family alone. Her father had also died; one good day he said his chest hurt, and nobody made it in time to save him.

"You see, it was like the cloth of his heart got torn to rags."

To her relief her father had left her some lands, some cows and a store. She brought up her children as best she could, but she says she didn't do it too well because the boys are so rude to her and even hit her when they get drunk. Everyone knows about the girls; Carmelita got pregnant, just like that, by a boy in Miahuatlán it seems; and a few months after she had left, Rocío couldn't stand the idea of being alone so she went to live with Pancho, Lalo's son.

"They grew up together..." Carmela resigns herself, "because you see, when they are little, they like one thing and when they grow up it's something else... dear Mary Mother of God!"

So now Mela and aunt Tere spend the everlasting afternoons talking while sitting on the porch of their house. When her sons are home they ask them to turn the television on; otherwise, they never watch it.

"Since I can't figure the thing out, I don't go near it, or the boys will say I broke it."

So if Mela isn't busy with her chores, she entertains herself with her mom, because, of course, they rarely ever turn the TV on for her.

You usually see them at the entrance of their house; Mela's getting older and skinnier by the day, especially since Carmelita left. Sometimes, when her mom can't hear her, so she won't worry, she prays to the Virgin.

"Holiest Mary, when one of us leaves, let the other one go too, 'cause the one who stays will be so lonely."

It was true; that's why aunt Tere also worried, because her girl was all in a bad way.

The *mole* was well fried, just ready. She took the pot off the fire to let it cool. When it set and the oil rose, she would be ready to make the *tamales* since that oil is mixed with the dough to give it flavor. The banana leaves in which the *tamales* are wrapped were roasted and ready; so was the hen to fill them with. It was all in good time. Before the little angels arrived the *tamales* would be cooked and even placed on the altar for their enjoyment. It had been a long day. As soon as she finished this business, she'd go to bed. The next day, although a bit less hectic, would have its own troubles, and she really wasn't up for the pace of it all anymore.

"Life really was much better then... I did things in better spirits."

San Miguel was slowly falling asleep, yet she dozed off before him.

All Saints

This is the first time Luis will set up an altar at home. When he was little, it was his mother, doña Lala, who'd do it; then, when he married, his wife Silvia took care of it. Now, he'll have to do it all alone. Well, not so much alone because surely his children will help out. He knows what's what now, after the pains of Cain he has suffered.

When young, as soon as he could get away with it, he began drinking; he loved it. Or maybe he didn't really like it at all, but since that's what people do over there... Of course, he didn't just slack off, he also worked to help his mother. He drove one of Flaco's or Chango's pickups; they didn't pay much, but it was enough. All he had to do was to make three or four endless journeys from San Miguel to Copala and back:

"The road is full of potholes, and it's fucking boring!"

All in all, it was a good thing to have a job. Many people leave the village early to go to Copala where they work as bricklayers, hired hands, waiters, street cleaners, and so on; tourism feeds them, but they have to arrive before seven. So between five-thirty and six Luis makes his first journey. A little bit later, the women go or send their young to run all sorts of errands —because there's always something you might need, and you can't get it in town. Around midday and then in the late afternoon, the women go sell the bread they make in San Miguel.

Thinking of this, Luis closes his eyes and can almost feel in his nose the scent of freshly made bread. Since his mother is a baker, it's strongly etched in his mind. He breathes deeply to smell the aroma with which San Miguel, boastingly, perfumes itself.

When he got a little older, he felt the need for a woman. He met Silvia, a gorgeous girl; she wasn't from San Miguel but that didn't matter. Her stunning eyes and body were reason enough to want her beside him. Doña Lala didn't like the girl one bit, so they constantly squabbled. Luis, who got drunk almost daily, would side with his mother and beat up Silvia. After several thrashings, she'd take her things and leave. Luis, remorseful, would go look for her. The pleas and promises of things getting better would bring her home again and again. Of course it didn't take long for Luis to go back to his old ways. The story repeated itself several times.

What was horrible was the day somebody ran over their oldest son who was about two or three years old. There is a wide slope next to the bridge that reaches all the way to the river, where often enough people take their pickups to wash them. No one could to tell Luis exactly how it happened —not even Silvia, so he beat her almost half to death. Yet the story is that the boy was playing behind a truck. When the driver finished washing it, he simply turned it on and backed up. They took him to City Hall but he was able to prove his innocence; he just paid a fine to the authorities and indemnity to Silvia and Luis.

They split for quite a long time then, but eventually they got back together, and Silvia got pregnant once more. They had another boy, but damned their bad luck, he got polio and was left weak in the legs. You can see him either on crutches or dragging himself on the floor.

"I've told him to study," says Luis, "He can't support himself working, so he better do something using his head."

Two more came later, a girl and a boy, but that didn't help at all. The situation got worse and worse. Silvia was always angry, always bickering with doña Lala and her sisters-in-law, always in the streets. Luis worked hard all day, but at night he beat Silvia and drank all the money away.

Once, one of the older sisters who doesn't live in San Miguel told him to drive a truck to Santiago or San Juan. Halfway there, Luis got stopped and the truck checked; he had marijuana onboard. That was the beginning of a year-and-a-half ordeal. For some reason or other he was transferred from San Miguel to Copala, then to Ometepec, and finally to Chilpancingo where he was tried. Lots of money had to be collected which his weeping mother took to the authorities on several occasions.

"I just know he didn't do anything; if I knew he was guilty, I'd be the first to make them lock him up."

It turns out what really helped was the declaration of the others involved who pleaded guilty and said that, in fact, Luis knew nothing.

To his surprise, when returning to San Miguel he found out that Silvia had run off to another town with another man and had taken her children. He pledged to Silvia he'd make amends, and asked her to return and live together again. After hard negotiations, he got to take home his three children. There was another young one left, but Silvia told him it wasn't his child. She never returned.

Luis came through with his promise; he almost never drinks anymore and works hard every morning. He spends the afternoons and Sundays with his kids. He has his own house and doesn't accept help from his mother, sisters, or nieces to raise his children. He says life has beaten him up, but it has been a useful lesson, and he hopes he won't fall again. What he is looking for, however, is another woman, because as he says:

"We all need it, a woman in this house."

He tries here and there in his search. Sometimes he goes out with Silvestre's widow, whose plumpness covers him in flesh —because Luis is quite scrawny and tall; the bad thing is that his mother has it in for the widow, and she even says that the widow is a witch and that she put graveyard dirt in her bed so she would die. Sometimes, he courts Claudia, Lupe's daughter, and he tells her he would take her, daughter and all. Claudia is also chubby and short. Other times he turns to his old-time girlfriend, Eugenia Gutiérrez, also fleshy, whose face lights up every time she sees this dark-skinned man with a quick smile and very white teeth. He searches wherever he can, but at this moment he doesn't have anyone. This is why, for the first time, he will set up his altar at home all alone.

Again, aunt Tere was up very early to do her daily chores, only now, when she finished, she began sorting some of the *tamales* she had made. She prepared small packages to give out, what's called "gifting the Dead," for her many *comadres* and godchildren. In any case, although she'd give many away, people would surely bring *tamales* and bread for her too. In the end she would end up with about the same amount. The funny thing is that everyone sends off their Dead so that people can taste their *tamales* and compare them with the others they receive; but at the end of the day —several days, really— you wind up with so many *tamales*, who knows who made which one.

"That's why I don't want to make them anymore... What for? so that people think mine got made by somebody else..."

She was in the middle of this when a pretty little girl with black hair tied in a ponytail arrived.

"Morning, aunt Tere. My mom and my aunts send these Dead for you." She handed her a small bundle of *tamales* and another of *pan de yema*.

"And who's your mom, girl?"

"My mother is Celia Gutiérrez, the daughter of the deceased Josefina Cerón."

"Oh my deceased *comadre*… poor thing! It's been over a year now that she passed, right? Let's see, come in, come in, I'm going to gift some Dead to you too, to take to them… So how are your aunts?"

"Very tired. They had to make so much bread for people that ordered…"

These days there is more activity in town than in the district on election days, even worse at the Gutiérrez's house.

"We have to set up the altar real early, and then get going with the bread and the *tamales* 'cause that takes all day long. Plus we have to make so much 'cause the neighbor women and *comadres* order from us —they really love our bread—, but also because the family eats some and then some we send off. We have to gift Dead to relatives, and of course, they all give some to us too. So we better get started early, first the altar, then make the bread, then grind the *chiles* and the chocolate for the *mole*, and finally make the *tamales*."

It's a good thing that there are a lot of Gutiérrez sisters and they share the housework; that's how Josefina Cerón, their mother, taught them, may she rest in peace. For example, two nights ago, they set up the altar for the little angels.

"Goddamn ants! They're taking the bread from the altar… It's all full of these pests."

"Leave them! Must be the little angels."

"Angels, my ass! I'm gonna kill them right now."

The Gutiérrez have always been close and looked after each other. They all lived in San Miguel until doña Josefina died. Some stayed, others left:

"It's just that without mother, it's not the same, what's the use of me staying?"

First, Eugenia, Hilda and Chepina had set up a small restaurant in Copala, but the work was large and the money little, so they quit, at least during this season when tourism is low. The Gutiérrez are like an olden close-knit family clan, they watch out for one another. For example, when Gena, that is Eugenia, had her son Simón, they all helped keep the secret of who the father was. That is hard to do in San Miguel, everything is known since it is so small. The boy is six now. He's attentive to his mother, is always near her, or if he's off to play some pranks, he quickly runs back not to lose sight of her. Today, for example, they have to watch out that he doesn't eat anything from the altar or finish off the chocolate for the *mole*.

Geña has changed, though; she used to be more curt, more surly. Now she's talkative and she looks with love whenever she sees her child; she doesn't even care if the father didn't take responsibility for the *muchito*. Sadly, she's taken a liking to beer, and Simón worries; the thing is ever since doña Josefina died, the pressure has slackened.

"Promise me you won't drink more than two, mom."

The one who flat out withdrew into herself more than ever was Toña, perhaps because of her leg. That's another Gutiérrez mystery. No one in San Miguel can say what happened to that girl; the point is she half limps, and she always wears pants and long socks. She only goes out to church, if ever. She's gone several times to Chilpancingo and Mexico City to get cured but it's no use. She's worse now because she was her mom's perpetual companion, and perhaps she's the one who grieved her death the most. Toña's life is limited to the four walls of her house and the hall. The only view she has is of the little garden where they hang clothes, the bathroom, the clay oven, and lately, the yard with the chickens that they're going to start a business with. She doesn't go to the river or the market, never mind a dance. Always, always stuck in her house, clammed up, without talking to anyone unless they come by, expressly to visit.

Vicky, the middle one, got lucky; of all the sisters, she's the cutest. Since she was very young, she was Memo's girlfriend, who has been a good guy, studious and with aspirations. His family is one of the most prosperous in town. They live on the main street and have studied the most. Memo and Victoria remained a couple even during the time he left to study agronomic engineering. When he returned with his title, he proposed to her. They married by both laws, church and state. The late Josefina was very proud of her daughter. Now Memo and Vicky live over by the volleyball courts in a beautiful house with a garden and all. Their house looks nothing like regular round-room houses in San Miguel, everything is split up, the bedrooms are separate from the living room, the dining room, and the kitchen. Of course, there's a color TV in the living room with a satellite dish.

Vicky goes out very little, though; first of all, because she lives far away from the village center, and also, because she generally shops in Copala where Memo sends her accompanied. Since her mother already died, it's unseemly for her to be in her sisters' house for long, as if she had no business of her own to occupy her. She contents herself by visiting her mother-in-law, and, if she can, escapes for a while to the park with her girls. On Sundays she goes to church with Memo. The good thing is that these days are special, and it's easier to be out in the streets. She'll meet her sisters at the cemetery; they'll cry a bit when they fix up their parents' tombs with flowers and candles. And they'll run into everyone in San Miguel.

"Anyway, here, give this to your aunts, from me; see if they like it," aunt Tere told the girl.

Celia's daughter left. She had to get back soon; they'd probably send her off to deliver more Dead. That's how things were in San Miguel that day. The younger children, eternally on errands, came and went carrying *tamales* and bread, from one house to another.

"See you later at the river."

"About what time?"

"Round two."

Hopefully they would let her go. The heat became terrible at two in the afternoon, so you'd thirst for the river like it was paradise. Besides, since it had rained, it'd be swell; the deep end would be really deep, a meter, maybe more. And at that hour many would be cooling off in the water. Yes, hopefully they would let her go. It wasn't so much about permission, than about finishing all her errands before she could escape. So she ran back.

Aunt Tere was on the porch, legs crossed and smoking a cigarette; she inhaled forcefully.

"Your hand, godmother."

"God bless you," she squinted to focus. It was her godson Heraclio.

"How are you, aunt Tere?"

"Fine, Heraclio… and aunt Clara, how is she?"

"Like you, strong and sturdy, smoking away. I thought you wouldn't remember me. It's been a long time since I came around…"

"Never mind that…! He who loves never forgets, and he who forgets doesn't hate; and when you're easy to please, you receive with open hands."

"Oh, dear aunt Tere!"

"Tell me where you were that you hadn't come around."

"Around, just around. You know me, always coming and going. I even think sometimes I'll stay away, but I always come back. It's my belly button, it's buried here…"

Heraclio is a smart one. He has studies, speaks with clarity, is interested in the town. He loves his land and its people —especially its women— and he likes participating in everything. According to him, San Miguel's youth is different nowadays: some want to leave, and others already work in Copala to make more money, even though many would prefer to stay in the fields if they could make it yield:

"But things being what they are now… young people definitely don't believe in the country anymore."

Just like other townsmen, Heraclio used to drink, sometimes he'd spend the day passed out. It's been a year now since he quit the bottle. This happened when his mother —aunt Clara's daughter— was ill. On her deathbed he promised her he'd never drink again.

"For a while I suffered with him 'cause he drank a lot," says Verónica, one of his women, "but since he doesn't arrive drunk anymore, things are better."

Heraclio is the agricultural and livestock representative at the Ministry of Agriculture; he's even been the town's governing trustee in charge of legal affairs. He loves politics, he watches all the news shows and pays attention —not like those who turn the TV on and can't remember what they saw—, he then comments them with anyone around, though sometimes he just gets an "oh, really..?" for a reply from someone who couldn't care less. He thinks TV has a big influence on people. And don't get him started on consumerism…

"Definitely, it's got great power over us and can sway us; that's why there should be more educational stuff on it, or a soap opera that taught us how to be happy. I wish TV people thought of us out here in the country."

He says *SanMiguelans* are already born with a spirit of cooperation, just look at the *tequio* for proof.

"Look, the *tequio* is a pre-Hispanic form of organizing labor that subsists in certain regions of Oaxaca and Guerrero. It's a service provided free of charge voluntarily by men, even if they don't feel much like working, and its purpose is doing things for the community, a road, a well, a school, extensions to buildings, whatever is needed."

The women look longingly at this man with a bushy mustache and beguiling eyes who lets himself be loved and woos more than one; he has two families, two women who know of his escapades, yet make no protest. Of course, he's not the only one who does this. Many men have more than one woman there, or they live for a while with one, leave her, and go off with another, without this preventing them chasing a third. Besides, the women don't make a fuss about it, not because they like it, but rather it's what they're used to.

Heraclio has been thinking that the town's future lies in cultivating fruits. He believes that if they get organized they could thrive again, like in the old times, and even motivate the young people to stay. That's why he pays attention, watches the news, discusses his ideas, is on the move, here and there. He's definitely one of the smart ones of San Miguel. Heraclio stood up to say good-bye to his Confirmation godmother.

"Good day, aunt Tere, I'm leaving now. The president is about to give his State of the Union speech and I want to watch it on television. Are you going to watch it?"

"What am I to watch? First of all, I can't see no more, so I don't sit to watch. Second, my grandsons don't like us touching the thing, besides I can't even understand the president... Better if you see it and tell me about it another day. I'll listen on the radio, if at all... Hang on, I'm going to give you some *tamales*, here, take some Dead to your grandmother."

He left then, to watch the president's annual address with aunt Clara. He doesn't like it at his house —the house he has with Verónica— because his children run wild; and he did not want to go to Angélica's place because she has a store and wouldn't even be there.

At noon, the bells stopped chiming for the angels; it was time for the little ones to leave. In its stead, the pealing of All Saints reverberated. This would last all day long, at intervals of course, just as the day before, just as the tolling for the Dead the next day. Aunt Tere went into her house and approached her altar; which was in the room at the end, where her bed and an old mirrored wardrobe were. She took away the candy and brought out the stuff one offers the adults, their *tamales*, *mole*, cheese, cigarettes; not *mezcal*, not that.

25

"The thing is I saw how bad *mezcal* was for that man when he was living; and even though he always said to me, 'when I die, put out some *mezcal* for me,' well... what if it's still bad for him? no, I better not."

She discovered she had no candles left. She looked for Carmela but didn't find her, so she decided to go to the store herself. There was hardly anyone on the street at that time. The men were already at the cantinas, and the women at home fixing the altars or making *tortillas*. The only sounds were, as if in unison, the town's radios and televisions: "*the most impoverished sectors of society...*" then interspersed with a "you better hurry up, *muchito*, and take these Dead to my *comadre...*" and then again that voice, "...*the rural and indigenous communities...*"

"What all is that man talking about?" wondered aunt Tere.

At Aurora's house they certainly heard the president, what with her son wanting to get into government. She is delighted; everything or almost everything she ever dreamed of is coming true in her two favorite children. Because, not to brag, but even though they had only shacked up together at first and then finally married, all her eight children had the same father.

"My Cecilia and my Toño were always very smart, very good at studying."

She still calls him that way, "Toño," although he prefers "Tony," in English.

"I always told my children they had to study, to prepare themselves. The eldest is a soldier, he doesn't get it; but my Toño always wanted to study. He didn't want to be a bricklayer or work in the fields like his father."

"Well, it's just so pointless, you live all day under the blazing sun, working, and for what?" asks Toño, "for a pittance? It's just not worth it, no! Besides, the fields belong to those who can make them yield."

At first he wanted to become an agronomic engineer and even took his admissions exam at the prestigious Chapingo College. But it turned out to be harder than he expected. The truth is that in San Miguel the academic level isn't really very good. Well, they lack a lot of support materials, and for all they know the Education Ministry has forgotten them, but there's also very few teachers —sometimes just one is director and teacher of two or more groups at the same time, like Agustín. All in all, there isn't much professional commitment either, as Heraclio says, "the damn teachers' syndicate has so much social consciousness that all their time is taken up in protests, strikes, and riots."

In any case, although Toño is a good student, he failed the Chapingo exam. He decided then to move to Chilpancingo with his two sisters, with the one who's a maid and with Ceci who was preparing to be an executive secretary. Once in Chilpancingo he started to figure out what he'd like to study and in the meantime he enrolled in high school. He chose a degree that in no way would send him back to the village: he discovered that being a public accountant was something that came easy to him and he liked it. To pad up his curriculum he took up English courses. These days he is visiting San Miguel. He's making use of the long weekend of the days of the Dead to see his parents, say hello to old friends, and of course, brag:

"I'm studying in two universities, accounting and English."

Tony is becoming more and more removed from his parents, his people, and his land. His clothes are from the city, just like his haircut, his manners, even the way he walks with his hands in his pockets and his sweater thrown on his back:

"I wouldn't return here; what for? Neither of my professions is any good in this town."

People reproach those who, like him, have left, and then return, having suddenly lost their bearings. They say they're not yet gone a couple of months, and they already forgot people's names or how to eat *tamales*.

Not having her children living with her saddens Aurora; she wants them close. Of course she and her husband have been thinking that they might close up the house and go live in Chilpancingo with their children, but they fear the kids may not feel comfortable. What really mattered was the family's well-being, that's what they had sacrificed so much for. Her husband rarely drank, strange thing. Aurora hadn't even finished third grade —the top one when she was a girl— but she was determined her children would get ahead. She hadn't been successful with all of them, so far, only with Toño and Cecilia.

When she thought about Ceci, Aurora was full of pride. Ceci hadn't come to the festivities because she'd just delivered her first baby; she had married in April. Ceci had always been a clever girl. Once, some people from Mexico came through town and were so surprised by her quick mind that they took her home as a maid. She lasted only a month.

"I don't want to be a maid, mom; I wanna work in an office."

As soon as she finished middle school she went to Chilpancingo to be able to study. She also realized she should learn English. Soon after, she became a licensed and employed bilingual executive secretary. Then she got herself a boyfriend and married him. The wedding was terrific; it was in Chilpancingo where the boy is from. Cecilia looked gorgeous, radiant in her white dress. When dancing began, and instead of typical *salsa*, *cumbia*, and *merengue* they played modern pop and rock 'n' roll, Toño said something to Aurora that saddened her:

"This is real music, mom; this is what we dance now, not what they play in the village. I don't get those rhythms anymore."

Aurora had taken the pictures of Ceci's wedding and her other children off the table to set up the altar. She wanted it to be especially beautiful this year, perhaps it would be the last time she set one up in San Miguel. Cecilia hadn't wanted to have her baby in town; she said it wasn't the same and preferred to be tended to by a doctor in a hospital, as should be, and not a midwife in a rural clinic. Aurora had respected this decision. Whatever her kids wanted —especially her favorite ones— that was good for her. In the meantime, she was happy to see her Toño. She marveled when he talked of his plans to find a government job and perhaps, little by little, start a political career. She could then go live in Chilpancingo with the small children, to be close to her older ones. Aurora could start a new life; they'd come back to San Miguel now and then, on dates like these for instance, to visit her departed and say hello to old friends. The idea of being close to her children excited her. This is why Aurora is delighted.

In the afternoon Diana's voice was heard on the loudspeakers announcing the rosary and liturgy. "We're invitiiing all Catholic people to come and praaay a Holy Rosary tonight at eeeight." Aunt Tere liked living across from Diana, she never missed any of her announcements.

The day wore on as aunt Tere received and sent her Dead while finding out the latest news from the errand boys. Without a doubt it was a day to celebrate since aunt Tere —or anyone else for that matter— rarely received guests; it wasn't customary in San Miguel. If anyone did, they'd quickly get down to gossiping about others. Well, there's little else to do… At seven-thirty she decided to go to church. Mela said it was too early; that no one would be there, but Tere put on her *rebozo*, grabbed her stick, and left at a slow pace. Licha saw her toddle away.

Alicia, or "Licha," said she was dying of boredom, so she slipped out to the porch for a while, to watch people; after all her house —one of the first brick-made, and not adobe— was well located on the main avenue, with a view of the park. As she came out she saw aunt Tere in the distance: "Poor woman! She suffered so much with Carmelita. But it was the mother's fault… as if she was the first girl to get pregnant like that on her own…"

Licha was killing time before getting together with her friends, in the street, in the park, or in the cemetery. She remembered the fun they had, with hardly any worries, when they were finishing grade school, barely five years ago. One of their games was to imitate artists, or rather pretend they were contestants on a TV show that chose future artists. That's how they had seen it and that's the game they invented. They all got together: Luisa, Cristina, Rosenda, Carmelita, Rocío, and Alicia herself. There were more girls usually, but they were the core group.

Sometimes they would gather in the park, although Cristina couldn't go, 'cause spirits got into her. Once, when the park was new, they went to play and "Tina" got very ill, and vomited, and they say she even had fits. So her mother told her not to go to the park; that maybe what got in her were the spirits of some horrible black men they'd buried there a hundred years ago. It took a long time for Tina to set foot in the park again; she just watched her friends and listened to the chorus of children's rounds, "threads, tiny threads of gold I'm gathering on the way…" Now that she's older, Tina isn't scared anymore, and even takes her little boy there.

Alicia also remembered when they met at the river, although Luisa didn't always go, because her mother, aunt Lupe, was afraid: what if she turned out like her older sisters with different children from different men! Anyways, Luisa found ways to sneak out. Some days they just ended up playing in Rosenda's house where her father, with the patience of a saint, would offer to be the judge in their contests. He was a studious man who encouraged his family to better themselves. Rosen had gone to Chilpancingo to become a secretary, but wanted to come back and live in town even if she worked in Copala. She had to find a boyfriend elsewhere, it was pointless in San Miguel; the few sensible candidates in town were her cousins. Since the village is so small, everyone turns out to be related.

Licha, on the other hand, hadn't wanted to study past middle school. She was beginning to regret it because her days were dull and dragged on with no other pastime than looking at the street to watch people go. But in a small town it's always the same ones who walk by. Besides, with the exception of holidays like these, all the friends lived apart.

Carmelita was already gone, but even before she left she'd lock herself up all day ashamed of her pregnancy; probably, her mother would have hidden her and the baby anyways. Luisa got a job in Copala in a government office. Every day she left at seven in the morning and returned by bus at nine at night, Monday through Saturday. On Sundays they met for a little while at night, because she spent all day washing and ironing the clothes of the week. Then there was Rosen, who was studying in Chilpancingo and could only make it once in a while on holidays. And Cristina, her sister's daughter, though they're almost the same age, just recently moved in with her boyfriend and now has to take care of the house.

Two years ago, Cristina had a boyfriend who had his way with her then left her with a baby. María —Licha's sister and Tina's mother— hit the ceiling but finally forgave her, let her go on living in the house, and helped her with the boy. Just recently Cristina started dating another guy and María was alarmed. She spoke with her daughter and told her she had let her off the hook once, but if she slipped up again, there'd be hell to pay.

Cristina took off with her boyfriend and so María took the baby away and hid her clothes so she couldn't take anything with her. Licha was able to recover a few things for her while things calmed down. It wasn't long before the runaways went to speak to the mother. They explained they'd get married by the church as soon as there were collective weddings, next December with any luck. They also told her that as soon as they got married he would christen Tina's son as his own child. All of this appeased María, who let Cristina take her clothes and other belongings back. She also returned the boy.

In any case, Licha doesn't see Cristina much since she has a man to care for and a house to look after, and it would be unseemly to be chatting in the streets as if she had nothing better to do. But since Licha didn't actually have anything better to do, outside of a few chores helping her mother out at home, she was bored to death.

Happily, they'd all get together during these celebrations, just as before. Rosen would come from Chilpancingo, and Tina'd be able to go to the dance because her man was really nice and said he'd take her. Nobody thought Rocío would show up, Pancho was a prick and never let her go out. Licha would meet Rosen at her house, they'd put on a new dress and paint their eyelashes. They wondered who'd go to the dance, hopefully Carlos would, that boy had left a year ago to study in Mexico. Besides, it was a perfect place to chat, to gossip, dance a while, enjoy themselves, and since guys from other towns came, find a boyfriend. Truth be told, Licha was starting to get sick and tired, at her age, being husbandless and jobless —no wonder she'd say she was dying of boredom.

Aunt Tere reached the corner; it was hard work walking on a dirt road full of potholes. She turned left onto the main street towards the church. She passed in front of Eliseo's house. There he was, as usual, sprawled out in his hammock while his wife watched a soap opera:

"They think they're so ritzy just 'cause they have a color TV; who're they gonna leave it all to? They don't even have no kids! Living off of stealing from folks…"

Lupe's store was open, as usual, although she didn't tend to it anymore. Since her son Poncho's arrival from Mexico City, he took over. Good thing he set up his television there and never got bored; sometimes even, the *muchitos* would pack in to watch it.

Walking past the park, Tere saw a group of children running; beyond, were some teenagers chatting, and nearby, on the volleyball court, the game was in full swing. She really felt like crying then… her Carmelita should be there… with those girls, she would get together with them in the afternoons.

"I never came see her play! I should've come see her play!"

But Tere just left her home to go to church, or perhaps, once in a while, to run an errand, because her legs, they hurt so much.

They had built City Hall next to the park, that hulking mass you can see from the highway as if emerging from the ground. The Mayor's window was still lit. No doubt that boy was a hard worker. They said he was doing a lot for the town. Outside, sitting on the bench, were the *topiles* waiting for assignments or to put some drunken guy in jail.

The market is across the street. The shops remain open till eight or later. Of these, the one in the middle belonged to Angélica, one of the women of Heraclio, her godson. The one on the corner was Consuelo Romero's. Aunt Tere was chagrined that Capullito, Consuelo's daughter, who was Carmelita's age, had married a full year ago and had only just got pregnant.

From her grocery store she has a view of the whole town's center. Right outside, Consuelo Romero sits. Her shop is in the line of stores that the town knows as the market, just in front of the City Hall, so she knows who goes, who comes, and who leaves. Also, it's practically the only way up to the church. Since she doesn't like to be inside, but rather outside, Consuelo, or "Chelo," presides over the main street sitting in a shell-shaped chair. From it, she sees those who go up to the clinic, those in the park, and even those shopping at Lupe's store, right before the street bends. On top of it all, next to the basketball court, there's the shop of her sister Ofelia, the wife of Agustin, the schoolteacher. That's the only place in town with a telephone, so Chelo can see people go in to use it, and later Ofelia tells her what they talked about.

Years ago Chelo became a widow. It was an airplane accident, one of those two-motor ones that flew to Chilpancingo, she lost her husband and son. That's why she won't get on one, not for the world, she'd rather ride the bus when she goes to stock up. In the beginning, life was hard on her. Perhaps that's why, at first, she seems tough; deep inside she is very nice, but she pretends not to be, so no one takes advantage of her. Besides all the things you find out just by watching, the market is a place where, naturally, you hear things, or people just tell you. You could say that Chelo is one of the best-informed women of San Miguel, someone to be reckoned with, in her own opinion.

Chelo is a Romero, and the Romeros are one of the oldest and most distinguished families around. In fact, where the park is now, her grandparents' house was located, a large residence with broad gates and a hall. Of course that's the one they built in town, they also had huge estates with lots of people at their service. You can see the importance of the Romeros even in the cemetery. They have an expensive mausoleum smack in the middle of the graveyard, just like years ago their old house was in the middle of town.

Some people criticize Consuelo. They say she is vain and "haughty" since she doesn't like to mingle with just anybody, because she is not "plainfolk." Might be true. She was so happy when her daughter Capullito told her she was going to wed:

"She was raised right, unlike those others who get knocked up. My Capullito got married by both laws, and had a great big party and all."

Chelo is a traditionalist, but not a stickler, so she didn't mind that her girl simply told her she would marry. The boy however, still had to go to her house, with his parents and the Present, to ask for her hand in marriage, following all customs, negotiations, and protocol. The groom paid in full for Capullito's wedding; a large part of the town attended and had a grand time at the three-day celebration. She lives in a small yet pretty house atop her aunt Ofelia's shop. So now Consuelo can keep track of her daughter and son-in-law.

Chelo likes to be inside her store in the afternoons where she has a black and white TV behind the counter to watch her soaps while she keeps an eye on the merchandise, looks out for passersby, helps some shopper or anyone who comes in with any news.

Capullito occasionally takes her mother's place in the store, more often now that she's pregnant and was told to rest. She'll inherit the business and so should know it well; know the workings of the store, the suppliers and the frequency of orders. She's learned where to place the shell chair and how to alternate between keeping an eye on the business and the town, and reading cheap novels she buys in Copala. So she's finding out, little by little, how gossip, news, and rumors are heard and passed on, how to wait for the arrival of the heiress to her secrets as she sits at the entrance of her grocery store, from where she has a view of the whole town.

Aunt Tere hobbled across the basketball court. Hadn't so many dances happened there, and hadn't she enjoyed every minute of them!

"Because dances back then used to be so much better than now, what with the same music playing over and over. No, used to be we danced it all! —*chilenas, sandungas,* and others— all night long; otherwise, why go dance?"

Remembering her good years made the climb up to church seem less heavy, even if her feet hurt, especially when pushing herself like this. She reached the door. The temple was so changed! Recently painted and with a new bell. Inside, they'd decorated the walls and ceiling with a large Christ and such tall saints, you felt they'd topple on you. She entered. It was empty save for the sacristan who remained outside. Aunt Tere guessed people were still finishing their altars at home before coming to prayer; well, the women, very few of the men went to church. Sitting on one of the front pew she could see Saint Michael and the other statues on the altar better.

The Patron Saint's is the most important, of course, and the most miraculous. Whenever they want it to rain in town, they take the saint out for a stroll; since he doesn't like to go out, they're barely getting him down when the sky's already thundering. Sometimes they come from San Pedro for him, and to their surprise, by the time they arrive with the effigy in town, it's already rained. No wonder Saint Michael steered them so many years ago to this place he himself chose.

"Imagine that! They say the saint brought them all the way here. Though some people wanted to stay in other places, supposedly prettier, the statue always turned his face, looking this way. When they got here, more or less by the river, it stopped moving, and was finally happy."

No one knows exactly where this carved figure was made. They say the wood comes from Africa and is bewitched so strangers' hands cannot touch it. Two people, art restorers who each started to clean it separately, were found dead, both with the statue lying near them. No one knows what really happened.

Aunt Tere was a bit angry with the saint. She had prayed for help her with her grandchildren; especially with Carmelita, ever since she found out she was dating that boy they said was married. But, maybe she hadn't prayed to Saint Michael early enough, and that's why he didn't write down her petitions in his schedule. Her granddaughter got pregnant and felt very ashamed. Tere wondered if she and Mela weren't a little —or a lot— to blame for Melita and her baby being gone. She preferred not to think about it; she was old and that weight was awful.

She was entertaining those thoughts when she heard aunt Laca's high, thin voice; she was singing, *"O Sacred Heart, you'll reign in Grace; our treasure always, holy embrace."* She replied on the same note, mechanically, to that verse which was the prelude to the rosary. She saw Carmela stand beside her. Along with the thirty or thirty-five women and three men that had assembled, she responded, without thinking, to the litany she'd learned since she was a tender girl.

When the rosary ended, Adriana López walked up front to announce that there'd be liturgy. It was a kind of mass with the reading of scripture and ordinary prayers, but without offertory or communion. It was the churchgoers themselves, the catechists like Adriana, who celebrated this liturgy. People had organized this way because there were few priests around, or because they charged to perform mass.

And so the celebration started. Adriana helmed the liturgy; and although the first two readings were entrusted to two other women each, the Gospel and homily ran under Adriana's authority. Her interpretation echoed the tirades of stereotypical town priests who reword the Scriptures line by line to fit their interests: attendance to services and Bible study groups, larger donations, and more involvement from parishioners.

Aunt Tere heard her say just thinking of certain things was a mortal sin, and that's why you had to go to church, precisely to not be thinking bad things. Adriana had turned out fervently devout and active in ecclesiastical activities. Perhaps because her deceased father —they say— was a warlock, so she needed to distance herself from any sort of teachings she received as a child.

It was past nine when they finished. The women rushed away because their husbands were about to get home and, as aunt Tere says, "the fires of Troy could burn." Tere and Carmela left in no hurry; neither had a husband to look after, and who knew if the boys, Mela's sons, would arrive early. The women spoke as they walked down the slope, without slowing down. The few men who had gone headed home making everyday small talk.

On their way back Mela and aunt Tere decided to have *mole* for dinner, with chocolate and *pan de yema*. They didn't go to bed early today; the departed would arrive and one had to stand vigil, wait for them at least till one in the morning so they wouldn't take offense. Lalo and Diana were talking across the street in their home.

"I think that when you die, you die, all together, body and soul, 'cause if souls went somewhere, there'd be no room left."

"So when you die, I shouldn't wait for your soul no this day?"

"Well yeah, wait for it, just in case; only not here, not sitting, better wait for me in bed, you know, ready and all, alright?"

Everyone in San Miguel stepped inside their homes.

Day of the Dead

Jeremías dreams of clowns that say, "kill them, kill them!" He's twelve years old. He's Gloria's son and Lupe's grandson. He lives with his mother and siblings in a small shack made with branches that has an open stove inside. When someone bullies him or makes fun of him, he dreams of dying or killing and today it happened. Perhaps because it's the day of the Dead.

The abandonment of his father stabbed at him as a child. Bernardo had a wife whom he left for Gloria. Two boys were born to them, Elías and Jeremías —she likes biblical names. After a while, Bernardo returned with his former wife, abandoning this new family. Of course he minds for whatever the boys need, but it's not the same. Who knows if this is why Jere's so damn quarrelsome, ever since he was little, but he's had to face the consequences, even then.

As it happened, one day he was fighting with his cousin, aunt Rosaura's son; they were about two or three years old, and they wouldn't heed their mothers, who kept telling them to settle down. They just kept on going. Anyways, who knows how it was, but suddenly Rosaura's son was bawling and howling. Gloria must've been having a terrible day, she was beside herself with the shrieking and furious with her boy, so she took his little hand —the one he'd used to hit the other boy— and slammed it on the hot *comal*:

"Let's see if you finally learn to stop fighting!" she told him.

"I don't know how I held in and didn't cry. Sometimes I wanna ask her how she could do that to a son, specially one so little and defenseless…"

Whenever he remembers it, he can't help the tears flowing, which upsets him even more. He nails his eyes to the floor and his face becomes a grimace. Yet Jere tries to be calm, even joke around, he likes to be funny around his brothers and cousins. He enjoys it when people laugh with him at his pranks and jokes.

"But when someone says 'see you later, fried-hand,' I just snap and start throwing punches thinking I wanna kill them or at least beat the shit outta them."

These days, while he braided the arch for the altar at home, Jere thought of everyone he wished to see dead, of all the times his bruises had to heal behind his mother's back, fearing she might use her corrective methods again. Perhaps to avoid it, and as counterbalance, Jere is very studious. He is doing very well in middle school and enjoys visiting the town's library.

"You see things on TV sometimes, and don't really understand them. So I go to the library, I investigate, and then I get it. I don't investigate all shows, because there's some, like the *Muppets*, that are just funny; I mean, I can imitate that weird Animal, you know?"

His impersonations make everyone laugh and it pleases him. He doesn't yet know what he'll be when he grows up. At times he feels like studying to become a sailor, other times a farmer, like his townsfolk, and stay with his mother that way:

"Bad thing is you make no money as a farmer; I just might go."

Not knowing what the world is like out there might stop him. Perhaps he's afraid of possible hostilities; at least in his town he knows how to fend for himself. He wants to let go of his resentment, but whenever he sees his right hand, with that huge scar, his little face becomes grim, and he's crushed again. He doesn't want to dream of clowns anymore:

"Oftentimes I wake scared 'cause I don't want to kill anyone, not really, but I also want them to know no one makes a fool of me."

So he's stuck; he can't shake off his grudges, and still dreams of clowns that come out of a mirror showing him knives as they say, "kill them, kill them."

Aunt Tere was sweeping the porch of her house early in the morning when Carmelita approached her.

"There you are, my girl, did you arrive last night?"

"I did, grandmamma, but you were fast asleep, and I didn't want to bother you."

"And the boy?"

"I sent him yesterday, didn't you see him?"

"I can't even remember… my memory's failing on me now; sometimes I see people and I know I know them, but I don't know where I know them from."

It irritated her. She understood that with old age it was normal to lose the thread of things, but she still wanted to be in shape, like in her green-girl days. Or play pranks like a little kid. Tere never liked studying; nothing but playing for her, or grinding at her *metatito*. Schooling was limited when she was a child, reaching perhaps only third or fourth grade. Epifanio Carmona and his assistant, Miss Fidelia Manzanares, did all the teaching. She played the violin, so sweetly! It wasn't anything like school nowadays with classrooms and desks; kids went to the teacher's house then. More boys than girls because having them mix wasn't very common. Aunt Tere learned to read and write and some basic concepts of geography and history:

"I was just never able to deal with numbers, even though we had a store."

On top of that, they had to study during the day then, because at night there was only candlelight. The town was dark. Dark and different. Houses were built simple, with pieces of wood and branches and palm roofs, but people were more spirited, livelier and happier. The Manzanares ladies organized plays, and those who could read would have a go at it and learn their lines; the rest just watched. They also played instruments, nicer than the ones we have today. And wasn't uncle Checo one of the most involved of the lot? Aunt Tere couldn't quite remember, but was almost sure of it, at least that's what she heard; 'cause she didn't often go to San Miguel then, when she lived in San Pedro…

Sergio, or "Checo" as Tere called him then, had been a good-looking guy. She took pleasure in watching him walk by. Later she found out that he had married and shortly afterwards, ditched his woman, and fled with his wife's sister. The woman got over it, shacked up with another man, and had her kids. Checo only ever had one —punishment perhaps?

Sergio is a farmer at heart. But his son, his only son, chose to leave to work in a bakery in the big city, the capital. He made little and suffered a lot. That is why Uncle Checo told him to return, that even with all the shortcomings of the country, there was always something, no matter how humble, to put in one's mouth.

"I asked him to come back and he returned, but I think I made a mistake, 'cause here he learned to drink."

He too says things aren't the same any longer:

"More people worked the fields before, and though there was a lot more less studying, there was plenty knowing."

In his hardy years, he was governing trustee in San Miguel. He is almost seventy and has all his teeth.

"And we didn't have toothbrushes; it's all modern stuff now."

He's one of fifteen boys and three girls his mother bore; she died at fifty-eight, though not of exhaustion as one might expect.

"She died stout!" he crows; it's why he doesn't understand these notions of delivering no more than three or four kids what with women's health and lives:

"For heaven's sakes! When God wants to give, he gives, and when he doesn't, he doesn't."

Uncle Checo married almost fifty years ago. His first marriage was more the will of his parents than his. There was no hope, no chance of a long courtship, not even of chatting up the girls in the street; that would've meant a belting or at least a flogging with sticks as soon as the poor girl's father found out. That marriage was a short one. Once, when his wife left to care for a sick relative and left him alone, he soon found comfort in his sister-in-law and swapped wives. They've been happy all these years, so they say.

"All is different now, girls have three or four boyfriends, things are more livelier, there's more high spirits. Back then parents would just tell their daughters, 'you're getting married, girl, this here's your husband.' What could she do?"

Checo remembers his childhood, when he played hopscotch with his friends, even if only half an hour sometimes, everyone had chores. He says living was cheaper. They'd send him to buy half a real of meat, or a hen for a full real —that's twelve cents.

"There used to be iguana meat, but no more; there was iguana, rabbit, *chachalaca*, deer…"

Sergio doesn't go out much. In his younger days he'd get away to the city to have fun.

"The city is beautiful if you have the money, that way every which way is fun; but there's nothing like the country to live well. In the city you have to work to eat, here I don't even wear a watch."

His grandson is with him, always, learning about the country, listening to him tell stories. He wants him to be a farmer but the boy is set on being a mechanic. He tells him there's lots of mechanics, but who can say how he'll do, on the other hand, the country's generous and bears fruit:

"Corn comes easy to me, I'm lucky."

Uncle Checo is a strong man, only his sight gets blurry... he's getting old:

"You've got to take care of yourself at my age, you live only once; though I know myself, I'm still strong enough for work."

But in the evenings, he gets home tired, so much he doesn't want to watch TV. He only wants his wife to serve him dinner and for them to go to bed. He's not even up for a drink, like when he was young and they'd have to pick him up off the streets, he was so drunk.

"What am I gonna lose everything I got over my vice? Hell no!"

So now he's been working harder at what he loves most, his land. Checo is a farmer at heart.

Mela drew near aunt Tere and woke her up:

"Mamma, you fell asleep again."

Tere opened her eyes. She hadn't even noticed when she lay in the hammock.

"And Carmelita? Is she gone?"

"Oh Jesus, you're stubborn, Holy Mary! I already told you Melita doesn't come here. You must've dreamed her."

At that moment the bells began to toll for the Dead. At noon it was hotter than hell, hardly no one was out, not even the dogs that usually roam the streets with their tails between their legs. The only ones who burst in and out occasionally were the children, with some Dead errand to deliver; however, in every house they were offered a glass of fresh fruit water, so all was good. These are days when people are generous with their fellow countryfolk, unlike other times, no hope of that then.

One of the vans leaving for Copala began honking to announce its nearing departure. It was time for the baking women to sell their recently made bread, also for those who wanted something special for their homes or —on those days— for their altars and tombs, or for some young girl to get away to buy a dress or bauble for the dance the next day.

It's been a long time since Tere's gone to Copala. She had fewer needs; and though she wouldn't admit to it, she was tighter with money. Perhaps she felt she was too old and had to stretch what little she had left, 'cause there was no counting on her grandsons...

She began to throw *tortillas* on the *comal* —they were about to eat lunch and would want some— because Mela never learned how. She constantly agonized over Carmela. They needed each other so much, that she worried what would happen when one was absent, and though Mela reassured her that they'd leave together, Tere was certain it was all up to the Will of God. Engrossed as she was in her thoughts, Tere didn't realize that she had put her hand along with the *tortilla* on top of the *comal*. "Stripped off all my skin," she recounted later to her *comadres*. But not even for this would she go to the town's health clinic.

Nelly received all sorts of patients there, from women in labor to children with typhoid, even men with machete wounds from hacking at the brush. Serious knife or gun injuries, from brawls, were hardly seen around there. This town is peaceful, they told her upon arriving. And Nelly could attest to it, during the year her social service lasted, she saw it wasn't only peaceful, but rather dispassionate... who knows. She wasn't the first doctor in town, and yet, people stuck to their ways, their customs, and traditions. They hated getting checked by modern means and preferred don Marcos' system, he was practical, empiric, and he prescribed in the old fashioned way, although he also gave out drugstore pills, which he sold himself.

That was one of the drawbacks of the doctors in the clinic, they'd check you up, and write up the prescription, but couldn't fill it out because they didn't have the medication, so people felt their service wasn't good. Besides, don Marcos belonged to town while the others only stayed a year; no sooner they'd earn people's trust, than they'd leave. Don Marcos was an elderly man, while they, doing social service for college credits, were no more than twenty-two or twenty-three, and people mistrusted these know-it-all kids.

That is why when Carmelita got pregnant they did not want to take her to the clinic, not even when they realized she'd worsened. It wasn't until it all got touch-and-go that they decided to take her to Ometepec. Same thing happened with Rocío, first they said she'd go to the clinic, but when time came, they decided to call don Marcos; the baby died and Chío is alive by the skin of her teeth. But none of this made Tere want to go see Nelly.

How did aunt Tere's hand heal from that horrible burn?, God alone knows! Homemade plasters and herbs in combinations and proportions only she and other old women know, that will be lost when they die, hopelessly lost among sterilized jars and boxes of penicillin. Not that any of this worries them. They lament, yes, that some traditions are being left behind, but it's no more than a passing complaint. So young girls aren't interested in making clay pots and pans anymore? Their loss! So ancient rituals and norms aren't followed and heeded? It's the times! Anyways, there are some, like the days of the Dead, that haven't changed, or if at all, they've transformed for greater comfort.

The heat was at its peak between two and three in the afternoon. Those who could, young or old, would take refuge in the coolness of the river. Lose themselves in its raw, icy waters, among its trees and hills, birds and insects. Steal slices of bliss from life, hanging from vines suspended from trees, from which children flung themselves, one or several at a time, cackling and howling with laughter.

Aunt Tere didn't go to the river; old people didn't go to the river. It was like a pact or something, or maybe the path was too steep, they might fall,

"And you know how old bones never glue back together."

She took comfort in the refuge of her home, which was dark and fresh enough, and in salvaging, from her memories, the sensation of water sliding down her body.

She knew by the church bells' ringing that it was five o'clock. The heat had ebbed and the town came to life again. Tere rose from her hammock and went to the kitchen to fetch a scrub brush. It was time to go to clean up the tombs of her loved ones at the graveyard, sweep a little, pull out the weeds that grew around them:

"Only a little, because tomorrow is when we really fix them up real pretty."

She took a gourd bowl too, to throw water, a rag, and a knife to cut the grass. She put on her *rebozo*, covered her head, grabbed her walking stick, and left.

"Mela, I'm off to the graveyard."

But Carmela probably didn't hear her because she was out back, throwing the trash in the ravine.

She walked along the road towards the hallow-ground. She figured that —since it was far— at her slow pace, she'd arrive in ten minutes. She decided on her way back she'd step by to say hello aunt Clara, Heraclio's grandmother, even just for a moment because they hadn't seen each other in a long time. Clara didn't go out much either because she was older and ailing more than Tere. Her body bent forwards and she couldn't straighten the fingers of her left hand. Even so, she did her housework, like feeding her chickens and washing her clothes.

Tere arrived at her *comadre's* after spending a while at the cemetery. Clara was sitting in bed, smoking a cigarette, and chatting with León, a grandson or great-grandson of hers. Wasn't this boy the one who ran over Lala's grandchild, Luis's son? Aunt Tere was almost sure of it. She remembered the boys came to tell her the story, seems it was an accident, and perhaps it was 'cause he didn't go to jail. When aunt Tere arrived León stood up:

"Well, I'm off, I'll come by later."

"Sure, son, did you leave me my cigarettes?"

"How've you been, *comadre*?" Tere greeted her.

"Well, I can't walk, you see, and my hands hurt too much for housekeeping. Don't eat sometimes; only when I get help, 'cause I can't see anymore."

"Is it because of the color of your eyes, *comadre*?"

Aunt Clara was one of the few people around who had blue eyes; they made an arresting contrast with her dark brown skin and her silver white hair. Aunt Tere felt relief in comparing her ailments with those of this little old lady; however, she didn't want to hear complaining, but rather wanted a sympathetic ear to her own complaints, and since this woman was almost deaf, she decided better to leave.

As she trudged towards her house, she passed by the park where, in the distance, she saw a young couple heavily pawing and groping each other;

she did not like that. She thought of her granddaughters. How happy she was she'd never seen them do that! She couldn't understand how parents allowed it. In her times, they would've whacked the girl all the way home, and the boy wouldn't have gotten away with it either. But this one.... wasn't he Mundo, the son of Gerardo who owned the vans? Yes, it looked like him. Didn't their parents see what he was doing? —They lived right in front. How did they want him to respect them if they didn't demand it themselves?

Mundo already has a girlfriend, Paula, doña Socorro's daughter. Mundo boasts of his relationship because she is a pretty girl and her mother raised her well. They've known each other since they were young, small town... Of course, they didn't think of each other then, on the contrary, when they ran into each other at the deep end of the river —the part they call the hollow of a grave— they teased each other. The boys don't like to swim at the same time as the girls, because they can't dive off the high rock that overlooks the river, or worse even, people may think they're after the girls. But one fine day, no matter what, he finally noticed her. It was Sunday, he was lying down watching TV and who knows why he got up to peek out of the window. And he saw her there with her girlfriends. His house looks out on the park, so...

Paula was dressed in a blue skirt and blouse, with a ponytail, nothing special. But suddenly Edmundo realized that he liked her. He knew what to do. He stood up, combed his hair, put on a shirt and shoes —he only wears trousers at home— and he went out to look for his friends. Some were already on the benches, so he approached them, as if nothing, just to say hello. They spoke of that week's work, about so-and-so who'd been drunk since Friday, and about the girls. Mundo talked them into saying hello to the group of girls where Paula was, see if they wanted to chat with them. The girls —who were also fluttering about discreetly— began to snicker and poke fun at each other when he joined them.

"We talked it up real pretty."

As of that moment, Mundo always paid attention to what she did. The Patron Saint's celebration was at the end of September. His prayers were answered and Paula and her friends went to the party; Mundo danced only with her all night long, and so the whole town knew then that they were dating, including her.

Mundo is industrious and a hard-worker, that's how Gerardo Pérez, his father, raised him, though he sometimes complains.

"I wish I could slack off like this one. My parents woke me every day at five, I barely get him up at six thirty."

Though the complaint's just empty talk, since Mundo drives his father's vans early in the mornings, he's also the mechanic who repairs them, and sometimes he has to keep an eye on the cows.

"Wonderful!" declares his mother, "If he wants to be man of worth, he's got to teach himself to work."

He's one of the few young men who doesn't get blind drunk. He won't turn down a couple of beers with his friends though.

"I don't want them saying I'm a killjoy, but after two beers I quit. Sometimes we go to Copala, on a spree, to look for women, but let me tell you, I pay attention, make sure she's clean, I don't pick up any filthy thing."

He hasn't made love with Paula, though he's itching to. It's all a matter of her wanting; maybe one day when they go to Copala together, or right there in San Miguel strolling through the woods. The bad thing is she could end up getting pregnant, but Mundo's sure he'd marry her if that happened —he already asked doña Socorro for her permission to be her daughter's boyfriend— but he feels he's still too young. And he's right, he just turned nineteen.

He hasn't said anything yet, but in a year or so he wants his parents to go ask for her hand, because he wants to marry right. That's how they married and he's sure they'll agree. It'll be steep, especially because the cost will mostly fall on him, but you can always get *padrinos* to sponsor the cake, the drinks, the music, and the food, and that way the damages don't sting as much. He'll also speak to his father to come to terms about the vans, whether he gets paid more or half the profits so he can quickly set up his own house. But all in good time; right now he's got to hurry and take his mother to Copala to purchase some ribbons and flowers she wants for his grandfather's grave.

Traditionally, *SanMiguelans* decorate tombstones with flowers and candles alone, but Aureliana is being stubborn about some trinkets she saw in a magazine, and that's how she wants to do her father's grave. Mundo hopes she won't take long. He's going drive like the devil, see if he can make forty minutes there and forty back, 'cause he'll barely have time, getting back, to shower and get ready to meet Paula in the park. They agreed to meet there in the evening, after fixing her late brother's altar who died just six months ago. He's not going to the cemetery; neither are his friends. Men rarely go, unless their father or mother's deceased, but not if it's grandparents, much less if it's distant relatives. He used to go, when he was little, because his mother took him.

At the dance, the following day, they'd only accompany the rest, since Paula cannot dance because of her brother. They say if you dance before the year is out, you stomp on the dead soul's head. It was no small feat they even got permission from her mother, she didn't want Paula to go. "Just 'cause Mundo's upright," she said, after demanding they came home early.

"I'm almost ready, Mundo," his mother called out. "Go see aunt Tere, she wants me to bring something from Copala."

"No, mom, I don't like to go there, there's bad blood between me and her grandson."

"Then tell your sister to go."

"That's all I needed," thought Mundo, "have her use me as an errand boy; as if taking her to Copala's not enough already. I'm gonna honk the horn, see if anyone gets on, maybe make the trip worthwhile."

Deep down inside though, the trip he really wants to make is to Los Angeles.

"You make good money there and it's better than working in the fields."

He'll probably go for a year, then return for Paula, see if they can get married, and get back there. A year is a lot, though, he might find another girl... Who knows! But for now he's happy, he already has a girlfriend.

It was only just seven when aunt Tere took the apron off, put her *rebozo* on, and left for church. Mela told her it was too early, earlier even than yesterday, but she wanted to get to church with spare time; she wanted to speak with Saint Michael alone. Mela said she'd catch up later. Tere began the road she'd so often made, the same steps, the same places. Her sight, though hazy, searched for the smallest changes to comment on. Gerardo Pérez's boy wasn't there anymore, but she saw other couples and groups instead. If only there'd been a park like that in her time and so much allowed! However, if conventions had remained unchanged Carmelita wouldn't have gotten pregnant. Things were different and she was too old now to understand them.

It all happened too fast. Just thirty years ago, at the end of the fifties, the first road that connected San Miguel to the rest of the world opened. Twenty years ago —she remembered well— electric light had replaced the candles that lit everything up; they even had a party with the electricians from the Company. Almost ten years ago, the first TV signals arrived, and now some had those huge plates on their roofs... to see television in English, they said... only they watched the same things everyone else did, but with less lines.

"I don't know why they like to pay and pay; that's what I tell my grandsons."

After existing so steadfast and unwaveringly for so long, the present plummeted, abruptly, on San Miguel, and old people just couldn't keep pace with the rhythm. The last twenty years moved too quickly.

"The good thing is I don't have to see what's coming; next time, you may not even find me here."

Aunt Tere arrived at church. There was no one, as she hoped; she started talking to Saint Michael.

"Look here, I really need Mela and she needs me too. We're both old; what's gonna happen when one of us ends up all alone?"

She did not hear Carmelita's footsteps as she approached her; she sat next to her grandmother and traced imaginary drawings on the floor with the tips of her toes.

"What's on your mind, grandmamma?

"How ungrateful you were when you left."

She remembered her granddaughter, years ago, when she got to rock the baby Jesus during Christmastime. For several days, every hour, the young girls who'd been designated as godmothers went to church to lull the figurine to sleep:

A lo rorro baby,
a la rorrorró,
you came into this world
only for my love.

And she, Carmelita, in her pink dress starched to stiffness —the one reserved only for Christmas Eve— would hold the baby in her arms.

"Maybe now you can be the Virgin Mary in the Holy Week pageant."

"Oh no, grandmamma, I don't like those things."

"Not even now?"

"Not even now, would you believe it... Did you rock the baby too?"

Carmelita got up slowly, you could hear some voices approaching in the distance.

"I'm off, grandmamma, take care of yourself."

"When do I see you again, girl?"

"Sunday, at the cemetery, in the afternoon."

Another day out, when she'd rather stay in, home, but anyways, for Carmelita she'd do it, more so now that the girl didn't like to be seen by people, especially her mother. In the town they thought maybe the girl was cross at her... because when she delivered her baby doña Carmela hadn't wanted to sell a cow to pay for better treatments... But who knows, Melita never held grudges, much less now she had her little one. Who knows why she didn't want her mother to see her.

"Blessed, blessed, blessed."

The singing brought Tere out of her thoughts. People had arrived at church and the rosary begun. She frequently lost track of time; could it be her age? When prayers ended, again Adriana López made an invitation to liturgy. Aunt Tere didn't object to these celebrations, it was better than nothing at all. Like everyone else, she'd rather there was a full time priest in town; like the Evangelists or Baptists or whatever their name was, they had their pastor living in San Miguel.

"It's just those preachers had wives and children."

Adriana spoke of them. She said those who fell for other beliefs were weak beings; that one should go to the services and study groups to reflect on the Bible and learn it, and not be deceived by them.

"They say we're crazy, that we venerate silly idols, they also say priests deceive us with their words, but I tell you, brothers, our God is a jealous God, and if we go around exchanging Him we'll be punished; we must be fearful of God."

Yet Tere, firm as she was in her Catholic beliefs, didn't see that God had punished the Evangelists, at least not while living. In fact they seemed quite content, they'd gather in their hall, sing, and help each other out. Though there was a lot to criticize them for...

They didn't set up altars these days, 'cause they adored the True God they said. Also, instead of baptizing their children in church, they all got in the river a few days before Holy Week, in a collective baptism, with singing and music. These were very strange people. And that wasn't the problem, but that they went from house to house in town trying to convert people. Sometimes they'd rudely send them away, sometimes just ignored them, but sometimes they got to somebody. Like Chole, aunt Juana's daughter: who'd've guessed she'd fall for it? with such a devout mother. And right there, precisely, was aunt Juana, as always ready for any prayer or liturgy celebration. Adriana was heard saying, "We can go in peace, our celebration is ended." Little by little everyone began to leave. As she turned, aunt Tere saw Rosa in one of the back pew, doña Lala's granddaughter, the girl with the sad eyes.

"Are you praying for your mom?"

"Yes, aunt Tere."

"Pray hard, let's hope she mends."

Rosa has a grief that floods her soul. She goes to the river to be alone and think in peace. She doesn't like to talk about this; she feels her throat swell to a ball and her eyes tear up. Even when she sits on the stone from which they say a twenty-meter serpent came out —one of the river's legends— even when she's watching her sisters play —or perhaps because of this— she feels the need to cry.

"Why is she like this, why doesn't my mom ever think of us?"

Rosa remembered having lived since she was little with her grandmother Lala, who made a living as a baker. Rosa is familiar with —though not at all certain about— the reasons why doña Lala never married. Generous in love, she had many children; a few even from the same man. In all honesty, you've got to give it to them, while *SanMiguelan* men don't always marry the pregnant woman, or maybe ever take care of those children they father, they certainly always bestow on them their last name.

Doña Lala was the matron. Like chips from the same block, several daughters were hot-blooded and as fertile as the coastlands. The great mother always welcomed all the small ones. Rosa, being the eldest granddaughter, had a great deal of responsibility. Her face is sweet and tender, but frequently, it's as if sorrow glazed over her big black eyes. She can hardly hold back the tears then.

"Your mother, Rosa?"

"In Copala"

"What's she doing there?"

"..."

She can't speak anymore. She wishes someone could tell her why her mother's there, why every time she meets a new man she leaves behind a girl —she's only had daughters— from the last one and doesn't care for her anymore.

"What wrong did we do her?, how did we fail her?, why doesn't she love us?"

And so she goes to the river. She takes her little sisters to play in that corner where the water drops like a slide and dips into a bowl amid all kinds of visible and resounding chiaroscuros. The same as her little sisters now, she used to play with her girlfriends in the "hollow of the grave" (the name they give to that deep part in the river). In those days her heartache was still hazy. Days when plunging into the river helped forget life's blows and abandonment. As time went by, the river turned from playground to her space of reflection. It had become harder to forget, now she wanted to understand, now she felt the sting of growing up. Not even tomorrow's dance for the day of the Dead excited her as before. Going with Chucho cheered her just a little; his nearness comforted her. They broke up once because he was drinking too much, and even smoking pot it seemed; but he'd sworn to change and told her he'd prove it to her. She wanted to believe him.

A little while ago she went to Copala with her youngest sister, to see her mother. Elvira didn't receive them, but they stood firm, insisted, and eventually she relented. And for what? Just to tell them she never wanted to see them again, that her life was made, and besides she was expecting a baby from her new man.

"Another child?, what for?, to go abandon it later at the house?, a new responsibility for me?"

After all, her grandmother welcomes them in her house, and bakes the delicious bread that's so successful in Copala, so they can make ends meet, but as the girls grow up, they all have to pitch in. For example, the youngest of her aunts makes bread with doña Lala; the other two are in

Copala, and chip in a few coins every month. Even the eldest, who no one has seen for years, sends money.

When Rosa was young, she dreamed of studying, of becoming somebody. Someone somewhere even told her she had lovely long fingers, like a pianist. They'd asked her what she wanted to be when she grew up:

"I'm going to be a queen."

That meant everything to her, but she couldn't even study. On a trip to Copala, Elvira lost Rosa's papers, and they told her she had to go all the way to Chilpancingo to get duplicates,

"You think? As if she'll go..."

Her hopes are set on Chucho, who seems to truly love her, he gives her advice and makes her feel less sad.

"I hope he changes, 'cause I think I really like him; I don't know if I'm in love, but when I see him it feels good in here."

He already spoke to her mother and grandmother to see if they let them date. He told her that soon he'll take her and they'll elope. Rosa cares very much for him. It's the first time she feels something like this in her heart. To think she'll soon be with him cheers her up:

"But if I leave, who will take care of my sisters?"

And again Rosa feels that same grief that floods her soul. And so she goes to the river.

Aunt Tere covered her mouth with her *rebozo* —she didn't want to take cold— and headed home. She had gone out a lot these days and was tired. She arrived at her house, and with all San Miguel, she went to bed.

November Third

The sun dawned in fullness on the morning of November third. Aunt Tere felt a strange mixture of sadness and happiness but didn't pay much attention to it. She supposed it was normal given the date, so she continued with her daily chores of sweeping, making coffee, figuring out lunch, throwing *tortillas*; the same as yesterday or tomorrow or the day after. This is how she'd done it for years, how she saw her mother do it, and how she taught Mela and her granddaughters too. It was a woman's job at home.

She sat down for breakfast. She decided that some coffee, bread, *tortillas*, and beans would suffice; she didn't want *mole* or *tamales* anymore. She was fed up with eating them for breakfast, lunch, and dinner for four days straight —it happened every year— no matter the subtle differences between those of one *comadre* and another, they always ended up tasting the same. Once she finished, she washed the dress she'd picked to wear to the cemetery, surely with the heat it would dry by four.

"I may be old, but I can still do housework; I'm not like other old ladies, in bed, sleeping, sleeping."

When she finished washing, she decided to —right away— go get the candles for her dearly departed, just in case they ran out or there were only small ones left.

"Mela, I'm off to Chelo's store for the candles; why don't you go get the flowers meantime? We don't want the leftover wilted ones.

"Holy Mary, Mother of God!" Answered Mela, "Yes, they're probably selling only crushed ones by now."

Aunt Tere grabbed her stick and left. It would be better to go soon, before the heat pressed down so much it became unbearable to walk under the blazing sun. The path was the same, but for the first time in years, perhaps in her life, she looked deeper into it.

She realized that her village emerged from the vegetation, as if it wanted to remain hidden from prying eyes, as if it wanted to be one and the same with nature itself. Just in view was the hill —what was its name?, who knows!, everyone in San Miguel just called it that, "the Hill," with its round tree on top of it and a monument dedicated to someone forgotten. The sky was of that blue you can only see in Guerrero, and the presence of one or two clouds made luminous contrasts that struck Tere.

"My little town is beautiful! How come I never noticed? Not everyone has their own hill, their river, and their park, so pretty..."

The ground was blistering. Fortunately aunt Tere wore rubber sandals and didn't feel it. She always wore them, even at home; unlike others, like Lupe, who walked barefoot. Though looking at aunt Tere's feet you'd think nothing could get through her stone-like soles, not even the searing heat of a *comal*. She arrived for her candles at Chelo's store. There she was, as usual, sitting in her shell-shaped chair, watching everything as it happened. Aunt Tere tried small talk and asked her at what time she'd go to the graveyard.

"Don't know if I'll go; I will if someone takes over the store; if not, I'll go when I can, then."

"Oh well, I'll see you there if you can make it. Give me four big candles and two small ones; no matches, those I got."

As aunt Tere left Chelo's store, Agustín, the schoolteacher, passed by. He was on his way to the telephone in Ofelia's store, his wife, Consuelo's sister. He greeted her hurriedly and promised to go see her the following day.

Aunt Tere returned home while reminiscing about her town in the days when she arrived with her second husband. Where the park is now, there used to be a large and important house that belonged to the Romeros, the ancestors of these women, Ofelia and Consuelo, and many others who lived on the main street: Carlos, the butcher; José, the man who became a young widower and raised his children on his own; and so on, almost half the town since everyone there is related...

Rumor had it that people had been murdered and buried in that house, and now their souls haunted the park, and that you shouldn't go late at night because these souls roamed in misery. Who knows! People also warned against going to the hills at night because there were goblins. Aunt Tere never saw or bumped into one, though she never went out after dark either, just in case. Before she arrived home, she crossed in front of Lalo and Diana's house. Her granddaughter Chío lived there, ever since she shacked up with Pancho, Lalo's son.

Lalo and Diana can't have children, so they adopted a little girl. It's really Diana who can't have kids, because Lalo has Pancho from another woman.

"It's too bad for Diana, isn't it? Pretty as she is, with her blue eyes and her small nose. Who knows why it's like that!"

It's a good thing that Lalo loves her very much, she hasn't needed anything ever since they got married. Lalo is young and attractive; he's had his adventures now and then, but nothing that bothers Diana too much; he's also a bit of a drinker, but that's not strange in San Miguel. Lalo's brother is Eliseo, the moneylender who limps, the one who got shot in the leg. Their family had some wealth already, and the three brothers —because there used to be another one, Silvestre— they each knew how to turn a good profit from his share. Yes, even the late Silvestre was shrewd in business.

Lalo and Diana are the owners of a huge place called The Golden Rooster that doubles as a bar and movie theatre whenever he feels like fetching a movie to show. Sometimes, on purpose, he lets time pass so people are itching for entertainment. Then he goes and gets a *Clavillazo* or *Capulina* movie. Though lately they want action ones, like *Rambo*.

Located right there is the loudspeaker, the first of three or four to operate in San Miguel. People us them to sell their wares, or City Hall makes announcements, or they themselves promote a movie showing. There's a set fee per message that entitles several repetitions of it by turning the pole, on which the device sits on high, in three or four directions so the whole town can hear it. Many years ago, people could dedicate tunes, and even declare their love. But City Hall forbade it and now only matters of social merit are heard, like a calling for *tequio*; or religious ones, like invitations to liturgy; or advertising:

"To all housewiiiives, we let you know in the home of Aureliano Pachecoooo, there's fresh pork meat for saaaale. Ladies, go to his house and buy the beeeest!"

Diana used to read the ads, but ever since Rocío arrived, she makes the announcements; so if once, Diana spent a good deal of the afternoons lying in her hammock, now the entirety of them are dedicated altogether to resting and watching television:

"I really enjoy the soaps."

When Pancho and Chío moved in with them, Lalo and Diana had already built some small rooms with a bathroom each in the back of the house, meant to rent to teachers from out of town or to lodge guests or relatives who came to visit. Yet recently, they got the idea of having another house. They bought a piece of land near the entrance of the town, in front of the football field, and they're building already. It will have a porch in front —like all in San Miguel— but decorated with arches. They say this house, the downtown house, will be for Pancho and Rocío.

"Of course we'll keep a bedroom for ourselves. When we come to a party around here and don't feel like getting all the way back, we'll just stay."

And they're right. Nobody —even if they had a truck or car like them— would feel like driving all the way back home, especially one long kilometer away, like theirs.

Diana likes San Miguel because it's calm, it's quiet, and its people are good. Her parents and brothers live in Copala, but she doesn't feel at ease there.

"I go there and right away I wanna come back," she smiles, showing a couple of gold-capped teeth that match her golden earrings and necklace.

Now she also spends mornings and afternoons with her little girl. She's no longer sad as she used to, since the girl is so very pretty and they get along so well. The little one obeys and follows her everywhere. Even Diana's temper has changed, now she's cheerful, and involved about the future, and she makes an effort about it all. Because Lalo and Diana used to be sad, so they adopted a little girl.

Aunt Tere slowed down her already leisurely gait to see if by any chance she saw Rocío. The Holy Lord of Petatlán willed Chío to peek out right at that moment, and Tere's heart leaped.

"Are you going to the graveyard today, girl?"

"I don't think so."

"But aren't you gonna visit your little angel?"

"It's just Pancho's drunk, you see, and you know how he gets spiteful sometimes. Better if you go, just put a light out for him, from me."

Aunt Tere's heart shrank; and afterwards remained crushed all the while she lay in her hammock in the porch of her house, crying on the inside.

It must have been about three when Chío's voice was heard on Diana's loudspeaker inviting all Catholics for rosary prayers at four in the afternoon at church. Then they'd raise the Cross and set off in procession towards the cemetery, taking back all the souls that had spent several days visiting the town, eating from the altars. It was time already for them to head back and rest, and for this, at least one person from each family had to accompany them to the graveyard.

Tere and Mela had some souls to shepherd. The last one was Chío's little boy, the one she lost during that long childbirth when don Marcos had no idea what to do. There were others too; others more painful, of whom aunt Tere didn't want to let go.

Mother and daughter washed up and donned clean dresses; they combed and braided their hair, just as they had worn it for years. With the flowers Mela bought —just a few— and the candles, they left for church. They weren't the only ones headed there, though almost all were women. As for men, only Chemo, Lorenzo, Epifanio, and a few others were going. The rest were either sleeping at home or drinking in bars. There was a woman with her daughters walking practically by their side.

"Isn't that girl one of Lupe's daughters?"

"Yes, the one who's got children from different men, and gets home drunk."

"Drunk, her? Poor *muchitos*, to see such things!"

"They say she even sneaks men into her house."

A lot is said about Rosaura. Especially because she has kids from several men, and sometimes, after some drinks, she takes them home. Well, it's been about two months since she last did it, ever since Tencho, the greengrocer, started chasing after her. Her mom and children used to suffer a lot because of her: aunt Lupe because she didn't like her daughter getting chewed out by everyone's gossiping mouths, and the kids because Rosaura didn't take good care of them, treated them badly, and paid little attention to them. Maybe it was the loneliness, or the fact she was killing herself to support them, maybe that's why she took it out on them... God only knows! Rosaura, or "Chagua," remembers her adventures and her eyes get lost in the past. A smile reveals some missing teeth —which make her speak funny:

"Have I had boyfriends? Lots! I even lost count. I had several boyfriends before the father of my two sons… because the first ones share the same father, and the other girls have different ones."

Chagua took off with Nabor when she was seventeen. She says she was in love with him, that she really loved him. Which she did, as she says, for as long as they kept going, until he took up the bottle, and then she didn't anymore. Back then Chagua lived with her father, her mother, and her siblings. Aunt Lupe wished Chagua had stayed with that man.

"Just like me, you see; though I only got together with the father of my children, he's the father of all ten, unlike her…"

Rosaura, on the other hand, left Nabor, and among several other lovers she found one more or less stable. With that guy she had her following two daughters, and with another one afterwards, the last girl, Chubby, who just turned two. Her love is fleeting, as she says.

"Sometimes I think being with a man is just routine. But then my mom tells me to shape up, that I might find one. Like that one, the grocer man, he now helps me and even my kids; but anyway, I'm not getting married… not with kids from different dads…"

Her one true love was her father. She remembers him as a special man, different from the rest of the San Miguel fathers.

"My dad was a good, honest man. Though my mom is also good; you can't compare a mother."

Her father was Commissioner of Collective Property —or Commissary as they say— and he apparently did a lot of good for the town. Rosaura remembers it as something unique that she was the only one of her sisters he gave a *quinceañera* party for. He gave food and drink and spared no expense, he organized a dance with record player and even said a little speech. For young Chagua, it was one of the happiest days of her life.

Rosaura is a baker. She begins early in the morning to prepare the bread that her sons will sell in the afternoon. The same bread made by all the women in San Miguel, with the same ingredients, and resting times, and ovens that their grandmothers and great-grandmothers used.

Like many other women, Rosaura fills San Miguel with aromas. In the afternoons, while the children sell bread and she irons and mends the clothes she washed early in the morning, she likes to watch television. She tries not to miss the afternoon soaps, unless of course, someone invites her to play volleyball, she forgets the TV then and goes to play with the other women. Sometimes men, the young ones, also participate, when they're free. After they're done selling bread, her children sit down to watch TV with her.

"We all like it 'cause some of those things could happen in real life, and the kids watch out for the kissing and the couples," she says with her toothless grin.

San Miguel is strict with lovers. No sooner a couple is seen together than wide whisperings begin. Young boys and girls meet at the river, or at the park they casually bump into each other, and feign unplanned encounters. Those in middle school say they're doing homework together. Their parents can't find out what they're up to, so they hide it. They only do if it gets serious or the girl gets pregnant; and if it comes to that, sometimes they kick their daughters out, but once they see their grandchildren, the parents forgive them.

"People talk, they gossip a lot here; it's a town where people talk a lot but not to your face, 'cause then things happen to their own family and they have to keep their mouths shut."

After a while, people get used to things, happens with everything, the shock of novelty passes and they no longer care. That's what happened with Chagua's youngest daughter, Chubby. Everyone criticized her when she got pregnant, even her brothers and sisters, but now they all love the baby. Chagua however, is still stung by their original rejection. That's why she moved out, or so she says. Her mother says she did it so she could receive men at night —she worries about her grandchildren and her daughter, because a lot is said about Rosaura, and she does not like that.

There were many people at church already, many women, all with orange *cempasúchil* flowers and some with the red flowers of Saint Teresa. This time Lencho had arrived, the catechist who taught the San Miguel women and who was organizing all these celebrations to motivate the community.

They prayed the rosary while more and more women arrived. Then came Lencho's new inspiration: he'd thought of taking people's customs and applying them to the church, so besides the traditional arch they'd always set up, he simulated, on the floor, a gravestone with sand and egg shells, a sort of tomb on which he put a cross. It represented all the tombs of the town's departed. And then they got on with the business of guiding all the souls back to the cemetery.

The four or five men that were there swept and gathered the sand amid the singing and the prayers. Then they took down the arch and raised the cross. With all this at the head, the procession got underway, followed of course, by two long rows of women with *rebozos* covering their heads and flowers in their hands. They slogged down from church amid singing and prayers. When they reached the town square, they were forced to go around it, that is they went through the market arcades, since the organizers of the dance were already fencing it in. There, the praying voices were somewhat overwhelmed by the "TAP, TAP, testing, testing" of the musicians. Finally, they arrived at the cemetery. It was already swarming with those who skipped church and went directly to embellish the tombs of their deceased:

"First you leave the tomb nice and clean, real pretty. Then you put out candles, one or many depending on what you want or can spend, and then flowers on both sides, but you save a few and use the petals to form a cross on the tombstone."

The grave of Rocío's child scratched the surface of the ground; since he'd only recently died, he didn't have the stone with inscriptions yet. Nevertheless, they put the candles, the flowers, and his petal cross on his mound of sand.

"Who are you bringing?"

"Me? A *muchito* who died, my dad, and my dead husband... since he died on me..."

Lupe's daughters were there with her grandchildren. But not Lupe because she said her man had come to her in dreams and told her, "What on earth are you doing at the graveyard?" She hasn't gone since that day, so her late husband doesn't get mad.

"You know whose tomb this is?"

"Who knows! Never mind, just put flowers on it, so it isn't sad."

Moisés Díaz, his wife Aurora, and their children were there; also Diana and Lalo and her family; Gerardo Pérez too; the Mayor and his wife; so were all the Gutiérrez sisters. Noticeably absent was uncle Anselmo, Nino's grandfather and singer of psalms and responsories, because he had a blood clot. It used to be a bargain to pay him a couple of coins for him to pray a while in front of each tomb. In any case, there was something else new that day. Lencho had organized holding liturgy right there at the cemetery, and that would help the souls to better feel the prayers dedicated to them.

"In the name of the Father, the Son, and the Holy Spirit, Amen."

"Shh, kid, don't step on the grave!"

"Come here, son, don't pay any attention to her. They never come visit their lost ones, and just 'cause they're here today they feel high and mighty."

"Dear brethren, this is a very special liturgical celebration…"

In order to listen, people had to sit around the tombs, or stand, or lean on them, those of their own or strangers' departed. Well, the town was so small, the dead surely knew anyone standing on top… It was getting dark when the celebration finished. Everyone went home. It was time to take down the altars, and soon parties of young kids would come asking for the arch.

"The arch wants bread!"

Ten or fifteen small girls or boys would get together. They'd go from house to house with large baskets to collect the fruit, bread, chocolate, and candy they were given, after dancing of course, or performing some trick. They'd arrive at some house, ask for the arch, someone would play some music for them, and they had to dance; after that, they deserved the treats. In the end, all of them got together in the park to share the loot.

The *amuzgo* children didn't participate though. These people believed that since the dead had been in their homes and altars, everything had gangrene; so they had to wash the clothes —even the blankets— and the dishes. The food on the altar had to be buried or thrown in the river:

"We'll see if they do it this year… hard as things are, it's not like food can go to waste."

Aunt Tere, who on her own was already tight with money, didn't understand this indian practice, not one bit.

The teenagers were in high spirits. The girls especially were fixing themselves up for that night's dance, though it would be quite similar to all others. Two bands were the entertainment, one of them from San Miguel. At the beginning everyone is embarrassed to be the first to step inside, so the bands have to play and play inviting everyone who's standing around outside to come in. Little by little people venture in. The cover charge is fifteen —used to be less for women— and a table with four chairs is twenty-five, five pesos per extra chair. Generally the girls sit on one side and the boys on the other. Each one asks for their soda or bottle. As soon as the music starts, they get up to dance; each song with someone different, unless they're a couple or the guy is courting the girl and wants people to find out about the relationship. Because if she accepts to dance exclusively with him, well then! that means she is saying "yes" to him.

Neither Mela nor aunt Tere were going to the dance. Among other reasons they felt tired —Tere's feet hurt—, it was expensive, and Rocío's baby had only just passed and they'd stomp its head if they danced.

"Well, you tell me, why do you go to a dance if you're not gonna dance?"

So instead they went to bed. They'd rest at last. The days of the Dead were hectic. In the distance the music could be heard.

"*...baila como Juana la cubana...*"

Tere wanted to wake up early to visit Saint Michael. She needed to ask him for something and, if she wanted him to write it down to pay attention to her, she'd have to go very early in the morning. But Mela did not know that.

The Last Day

That day at six, covered well with her *rebozo*, aunt Tere was already talking to Saint Michael. She asked for her Rocío, for Pancho to stop drinking and treat her better, and for her to get pregnant soon so she'd forget this *muchito* she lost. She also asked for Carmelita and her baby boy, for him to take special care of them.

She was there a short while and returned home. Mela hadn't woken up yet, so she began her daily chores so Mela wouldn't suspect anything and ask her where she'd gone off so early:

"Because sometimes she asks a lot of questions, this daughter of mine."

When the coffee was ready she called her for breakfast. Some time later they were on the house porch, Carmela lying in the hammock and Tere sitting on the ledge, commenting on the events of the previous day.

"Did you see how many now go to the cemetery like they're going to a party?"

"Holy Mary, yes! Wearing new dresses and their faces all painted."

"They care more about looking all fancy than taking their departed home."

"But I did like having liturgy right there."

"Well yes, but they keep rushing you."

And so they were talking when Agustín, the schoolteacher, arrived, just as he'd promised. He greeted them warmly, in the traditional way.

"Your hand, aunt Tere."

"God bless you, professor. Come in, come in and sit down. We're very happy to see you, that you remember us."

"How are you both?"

"Not as good as you, professor," replied Mela.

Agustín is practically from San Miguel. He arrived twenty years ago to fill in a job vacancy at the school. He was young, took charge, and had a head full of ideals. He came from the *Cañada* region, only for a few years according to him, to gather experience in this village and later get back to his land or seek out new horizons. It seems, though, he drank too much

63

water from the river, and besides, Ofelia's eyes stole his breath away. Shortly after meeting her, he began chasing after her, wooing her, and eventually, proposing marriage.

Ofelia was fond of Agustín. He wasn't handsome, but he was learned and knew how to turn a phrase. There weren't many candidates in town who satisfied her aspirations. So she gave her sought-after consent, but with the proviso of remaining in San Miguel to live. This was twenty-two years ago. In all this time the schoolteacher has shaped many generations of children.

Agustín is the statistical voice of the place. He has figures and surprising data in his head; percentages of couples married or cohabitating; school desertion quotas, causes and motivations; tallies of people working in the fields or other occupations. Through the years he was promoted, eventually becoming the morning school headmaster.

When student enrollment made it necessary to create the evening school, he started again only as a teacher, but little by little he worked up to headmaster of the evening shift too. With full authority he says now that he's apprised of everyone in San Miguel, the families, their situation and needs.

He knows the children of some of his former students and even teaches some of them; he gathers particulars and correlates specifics. But that's why people are confused by him. If he knows them so well, why does he ask them for so much?

"It's just… sometimes the teacher doesn't consider our situation; he asks for things or money, for the festival, for the sound equipment, for shorts, for paint for the school… just no consideration at all."

That's why he's not fully integrated. That's why they say he's not whole from San Miguel, though Agustín feels he practically is.

"So what happened at the dance?" asked Mela, "Did you go yesterday?"

"I just had a quick look from the outside. You know, nowadays only the young people go; one doesn't feel quite comfortable anymore."

"And there was a lot of people?"

"I guess about sixty percent of them were outside, just watching; the rest did go in. You know that after one in the morning, one can enter for free, so at that hour more people joined in. Many folks from San Gabriel came too. Ten percent were from around there."

"Well, yes, always."

Town dances were changing. In the past, older people attended, whole families; now, only the young. Thirty-five-year-olds looked out of place. And there used to be more people inside that out; supposedly because the bands were better, or so they say. The price might have something to do with it; money just doesn't last anymore, and parents would rather give it to their kids to have fun.

But the major dances that were attended by all were those of the Patron Saint, on September 29, and New Year's Eve. No one missed those; they had great orchestras that "played real swell." The other five or six dances a year were becoming too similar to this one of the days of the Dead. Besides the boys came half-drunk already, to loosen up, and so some people didn't like to go.

"And you know," continued Agustín, "girls nowadays dress up too much for the dance. Women looked, I don't know, more natural before, I think."

"Let me tell you, I notice things, now they even put makeup on. I wouldn't like one bit if Carmelita and Rocío had looked like that."

The schoolteacher stayed a while longer and then said goodbye. He wanted to go with his family to the river, because it had risen and the hollow's deep pools would be delightful. Again Tere and Mela remained on the porch, alone, silent, each one lost in her own reveries. Once more aunt Tere felt that odd sensation pressing on her chest, moving her to melancholy, a mixture of sadness and happiness, but again she couldn't figure out what could be the cause of it, so she tried to put it out of mind.

"Oh, Carmela, what'll be of us when one dies?"

"Well, we'll have to die together," answered Mela, in the same tone she had answered the previous thousand times.

"It's just... why did Carmelita have to go?"

"Oh, mamma, stop thinking about that!"

The church bells rang the hour; it was almost time to go see her granddaughter.

"I'm going to church. I'll be back soon."

"Want me to go with you?"

"No, you stay. I won't be long. I wanna light a candle for the Saint."

65

Aunt Tere took off her apron, put on her *rebozo*, grabbed a candle she'd saved the day before, picked up her cane, and left. She wasn't in that strange mood anymore. When she reached the graveyard and saw other people gathered there, she was displeased. She thought perhaps her granddaughter wouldn't come for fear of being seen.

"What are all these people doing here?"

She realized they were saving the votive candle glasses; waste not, want not… Anyways, she headed toward the middle of the cemetery, behind the large Romero monument.

"Psst, this way, grandmamma."

"Aunt Tere searched with her fleshy, old eyes to see where the voice was coming from. She saw her, there was Carmelita who stretched out her hand to help Tere walk.

"Grandmamma, why don't you come with me and my baby boy? We need you lots."

"It's just I'm very tired now… I get very tired, a lot…"

"Well, that's why, come on, come with me!"

Tere took Carmelita's hand and again felt that strange pressure on her chest; and yet, she also felt strong again, like she did in her green-girl days.

Epilogue

These were the voices of the souls that live amid mist and which I wished you to hear, only because I thought it vital to share them.

I remember a fable, from India I think, in which the master tells his students that God is unknowable, and nothing said about Him will help achieve full knowledge of Him.

His students ask then why and for what purpose he speaks to them of God.

And the master replies:

"And why does the bird sing?"

The bird does not sing because it has a statement to make, but because it has a song to express.

This has been my song.

Well, you'll all forgive me if I got wrapped too tight
or loose... I got wrapped!
—Aunt Cata,
(When at the end of taping her interview,
we said, "That's a wrap!")

Almas en la bruma:
en la
Una historia que viví

Escrito en
inglés y español

Mónica del Valle

COVER GRAPHICS/ART CREDIT BY:
EDGARDO KERLEGAND

ALMAS EN LA BRUMA

Una historia que viví

Título en inglés: Souls in the Mist: A Tale I lived
Diseño de la Portada: Edgardo Kerlegand, MAV.

"Una de las maravillas del arte es que puede ver lo que se le dé la gana; puede poner en boca de quien sea las palabras que quiera y hacer lo que quiera que hagan.

De la misma manera en que nuestra escritora ha recreado una atmósfera a partir de este hermoso pueblo, como en nuestro país hay tantos, traté yo de retratar a una de estas mujeres extraordinarias; bien podría ser doña Tere o tal vez la más joven de ellas, o quizá no esté presente en la historia. O quizá sólo pasaba y nadie escribió de ella y por eso yo la pinté"

E Kerlegand

Índice

Índice

Dedicatorias y agradecimientos

A mi mamá
que ha de estar feliz
y a tía Lucy

A mis dos Josés,
mi vecchio y
mi compañero (en aquél entonces);
dos hombres fundamentales en mi vida (siempre)

A mi amigo Marco
por todo lo que siempre me ha dado

A todos los que, hasta sin querer,
me ayudaron a llegar a San Miguel
y al fondo del alma de su gente.

A Paco, Marisela, Marco, Vicky y el Oso,
por todo lo que pasamos juntos.
Y lo bien que la pasamos.

A Blanca y Adrián, y a Lety,
por su compañía.

A quienes me animaron y ayudaron a ponerlo por escrito.
Y a ponerlo bien, como Dios manda...
...Aline y las amigas del taller

A Edgardo y a Ricardo, por ver más allá de lo evidente, y por plasmarlo.

A Benny y a Chucho, por su guía y consejo.

A todos mis afectos y querencias

Y, por supuesto, a los *SanMigueleños*, por adoptarme.

Prólogo

Danicahue: Voz que quiere decir Cerro Entre Nubes.
Posible apellido del poblado
tal y como se acostumbra en México bautizar a los pueblos.
Maravilloso y fascinante lugar
que para los efectos de esta historia se llamará San Miguel.

En 1981 llegamos por primera vez a San Miguel, sin saber muy bien cómo nos recibiría la gente.

Su respuesta fue cordial, así que más animados volvimos unos meses después, ya con todo un plan de trabajo, diseño de cuestionario y muestra seleccionada a estudiar la población. De un poco más de trescientas familias, nos ocuparíamos de unas ochenta y tantas, como el 25% del pueblo. Nuestra idea era tener estadísticas previas de todo lo habido y por haber de esta época anterior a la televisión y después de que se recibiera la señal, volver cada cierto tiempo y repetir exactamente lo mismo, a ver qué pasaba.

La gente fue amable con nosotros y como veían que nos esforzábamos bastante —creemos que en principio fue por eso— les caímos bien.

Luego vieron que los niños, *los muchitos*, nos seguían y eso les dio confianza. También se dieron cuenta de que, a diferencia de otros grupos de diversas instituciones que iban una sola vez, nosotros volvíamos y volvíamos.

Trabajamos muy duro. Desde levantar un mapa del pueblo marcando la localización de cada casa, hasta entrevistar a todos y a cada uno de los miembros de las ochenta o noventa familias que componían la muestra, y por supuesto aprendernos sus nombres y sus relaciones de parentesco o amistad... o rivalidad.

Todo esto permitió conocernos. Cada vez nos parecía menos pesada y más divertida la idea de volver. Cada vez planeábamos con más gusto nuestros regresos. Cada vez nos sentíamos más identificados con la gente y con el pueblo. Finamente, caímos en la cuenta de que —como ellos dicen— habíamos tomado agua del río.

El río es un lugar mágico donde se lava y se juega, donde salen serpientes mitológicas y se aparecen duendes buenos y malos, donde la gente va a reír, a llorar y a veces a procrear. Y tiene aguas encantadas, que si se llega a tomar de ellas, inmediatamente le roban a uno su ombligo espiritual y lo entierran en su fondo arenoso. Uno ya es parte de San Miguel.

A fuerza de volver tantas veces, por tanto tiempo —más de seis años— la familia veintitrés dejó de ser sólo un número para ser poco a poco la casa de mi Mamá Lancha, y sus diez hijos y más de veinte nietos, mi refugio, compañía y consejo. Lo mismo pasó con la cincuenta y seis, la de Doris, mi amiga con la que voy a los bailes.

El tablajero se convirtió en el tío Temo, la de la tienda en Emma, la viejita amuzga en mi abuelita Petra y nuestra primera casera en tía Cata, la mujer que hacía deliciosos los escasos momentos de reposo con sus pláticas llenas de dichos y frases maravillosas, que saltaban de una idea a otra y en las que la sola mención de un nombre nos hacía entrar en una anécdota o en una historia diferente, pero que era imposible reproducir en orden o en desorden. Era puro placer escucharla.

La convivencia frecuente fue abriendo nuestros corazones; hemos compartido muchas vivencias y sentimientos. Desde una gran pena por la partida de algunos *SanMigueleños* —en ciertos casos prematura— hasta la preocupación por el bienestar físico o económico de otros. Sin olvidar ligeros sobresaltos de un corazón rondado por un afecto moreno.

Alguna vez recibí el ofrecimiento de un pedazo de tierra para quedarme a vivir allí, más de lo que ya lo habito con mi corazón. Eso no es sino el reflejo de lo que hemos sentido la una por los otros y de lo querendonas que son estas personas que San Miguel guió hasta esos asentamientos de Dios.

Este libro no es un acercamiento estadístico a la población como acaso se esperaba. Creo que no le haría justicia —yo— a todo lo que he recibido, si no lo comparto en la plenitud en que me ha sido entregado. Seres humanos entrañables habitan este cerro y son sus sentimientos y voces los que me gustaría que escucharan, sin otra intención que regocijarnos en sus ecos, aunque nos lleven dando tumbos al estilo de tía Cata. Los nombres y los lugares, por supuesto, son otros. Quiero que se conozca a San Miguel y a sus habitantes, pero no quiero que mi gente ande por ahí nomás en boca de todos, como en los pueblos.

Aclaro que algunas de las cosas que se escucharán me las contaron y así las transmito. Otras, en cambio, como diría el poema de Jaime Sabines, no las sé de ciertas; las supongo.

Por supuesto aunque todo lo que se leerá en este libro estuvo inspirado en sucesos e historias verdaderos, todo está mezclado y ninguno de los nombres o locaciones reflejan ningún lugar específico en donde haya ocurrido la trama ni tampoco muestran el nombre real de ninguna persona.

Guerrero, 1989

Día último de octubre

Cuando muchacha, Tere era fuerte, animosa, alegre. Ahora se sentía cansada, muy cansada.

El día anterior había terminado ya muy de noche de hacer su pan de muerto y todavía después puso su altarcito, una cosa sencilla sin arco ni nada. Como no tenía marido ni hijo que se lo trenzara y sus nietos ni caso le hacían... Lo bueno que era para los angelitos y los nenes no son muy exigentes. Tía Tere se recostó en su hamaca con muchos trabajos y cerró los ojos:

—Yo ya estoy muy vieja, mucho me canso yo, mucho... ¿Y si ya aceptara su invitación?

Tere decía que ella platicaba con los difuntos, que venían a verla en sueños y que así, clarito, los distinguía. A veces la invitaban a pasear, pero a veces —decía— se la querían llevar:

—Pero yo les digo que no, si no estoy tonta. No es que me dé miedo morirme, pero todavía no tengo ganas yo. ¿Cosa voy a estar haciendo yo ahí en el suelo todo el día? No, eso no me gusta.

Decía que la visitaban sus conocidos, gente de sus tiempos con quienes le había gustado platicar y que platicaban como si estuvieran despiertos.

No eran ni las nueve, pero como Tere estaba levantada desde las seis ya había terminado con las dos o tres cositas que acostumbraba hacer muy de mañana, barrer, poner el café, darles granos a los pollos y gallinas. Terminaba pronto y se aburría mucho. Antes, su gusto era atender a sus nietos, pero ahora los muchachos ni caso le hacían o hasta eran bien groseros con ella. De las dos niñas, su Carmelita se le había ido hace más de un año, después de que salió embarazada de ese muchacho de Miahuatlán, y Rocío, aunque vivía prácticamente enfrente en casa de su suegro Lalo, casi ni podía asomar la cabeza a la calle. Pancho, su señor, hijo de Lalo, era muy celoso y le pegaba. Todos en esa casa eran muy especiales.

Hacía poquito, cuando Chío se iba a aliviar de su bebé, a tía Tere ni la mandaron llamar y eso que la pobre niña casi se muere:

-Es que no quisieron gastar en médico particular, así que llamaron a don Marcos para que la atendiera, pero qué va a saber ese hombre cuando el asunto se complica.

Don Marcos no era como Imelda, la partera que la ayudó cuando nació Mela, que sí sabía lo que hacía y hasta se pasaba ocho días ayudando con su quehacer a la parturienta. Don Marcos no le ponía cariño.

Tía Tere le había rezado al Santo Señor de Petatlán —muy milagroso y buena gente— para que le permitiera ver a ese bisnieto, pero ya estaría de Dios que no se pudo:

—Yo no sé si cuando llegue el otro todavía me encuentre, porque ya estoy muy vieja. Me duelen mucho los pies... mucho me duelen. Mire usted si ya estoy pateca...

No sintió cuando se acercó Carmelita, pero de pronto ahí estaba ella, alta, chula, con sus facciones finas y el pelo negro suelto.

—¡Ah qué bueno que viniste!, pero yo pensé verte hasta mañana o pasado. Como hace quince días que te fui a invitar no me contestaste...

—Nada más pasé un momento a saludarla, el viernes me quedo más rato.

—Cuida que no venga tu mamá, porque no le va a dar ni tantito gusto... ¿Y tu nene?

—Lo dejé encargado, pero mañana se lo mando para que le dé sus dulces y su pan.

—¿Qué ya come pan ese muchito? ¡Qué rápido pasa el tiempo!

—Abuelita, si ya va para el año y medio que me fui.

—¿Año y medio? ¡Cómo nos dejaste, muchacha! Tu mamá y yo somos ahora solitas; ahí nomás de vez en cuando se acuerda alguien de nosotras.

Nadie venía a verlas, no pasaban ni a saludarlas. Teresa recordaba. ¡Qué distinto ahora de cuando ella era chamaca! Antes había más respeto y las costumbres eran otras, con los padres, con los abuelos.

Antes, qué esperanzas que las muchachas se fueran así nomás con los hombres, al menos no las muchachas como ella, que sí obedecían a los papás, porque las inditas de por allá, ésas sí lo hacían. Una excepción había sido tía Juana, una indígena que lleva muchos años en San Miguel, pero que todavía conserva el acento de su idioma al hablar.

Directo de la región amuzga, tía Juana llegó a San Miguel, para quedarse, hace como treinta y cinco años. Llegó junto con su marido en busca de buenas tierras. Las encontraron, pidieron permiso de establecerse y el municipio hasta les dio sus tierritas y un solarcito en el mero centro del pueblo, detrás de la que fue la casa de los Romero.

—Ora yo viva más ladita porque necesitan lugar para hacer parque. Al principio no quería yo, no, porque esa casita me dejó mi señor. Pero dice m'hijo, que no me preocupa, ajá, que me van a dar otra pedacita.

Su nueva casa está ahora como a diez metros de donde vivía; es un cuarto que no tiene más que una cama chaparrita –tía Juana mide como un metro cuarenta- unas sillas chaparritas y una mesa que también es altar y que la tiene llena de imágenes de santos y cristos y Dios Padre, amén de un sinfín de yerbas y amuletos. En las paredes tiene colgadas una o dos tazas y unas redes de las de mandado con fruta.

Afuera de su puerta está una olla de barro con agua fresca, tapada con un plato y un pequeño anafre donde tía Juana guisa lo poquito que come. Tía Juana tiene el alma errante, así que con el pretexto de vender yerbas y curar de espanto, cierra las puertas de su casa, amarra las argollas con un listoncito y sale por los caminos de Dios con la seguridad de que en unos diez o quince días volverá.

—No hay problema, ajá, Dios cuida.

Tía Juana sale con su cargamento y atraviesa todo San Miguel hasta llegar a la carretera. Ahí espera el autobús que la llevará a su destino; puede ser Santiago, Santa María, San Juan o a donde la lleve su corazón. Tiene muchos años de hacer esto. En todos lados conoce gente y como es una buena mujer, la reciben con gusto. Le prestan un petate y le ofrecen una taza de café y pan. Ella paga la hospitalidad con sus yerbitas o sobando a algún enfermo o curando de espanto.

—Tenga mucha amistá por que yo soba, ajá.

Lo malo es que cada vez tiene menos clientela, pues la gente más joven ya no cree en las sobadas ni en las curas y prefiere una medicina más rápida.

—Mi nieta, Aída, quiera aprender oficio de yerba, pero yo digo que no gana quinta porque ya a nadie gusta, ajá.

Dice que tiene setenta y ocho años. Su cara parece como de noventa; su cuerpo, derechito y fuerte, parece como de cincuenta y en su corazón tiene los mismos catorce años que cuando se casó. Tía Juana aún no olvida los acontecimientos cercanos en el tiempo —que sí le pasa a otros viejitos, como tía Clara— y todavía siguen frescos en su memoria los ocurridos hace más de sesenta años.

—Entré a los catorza aña cuando fueron a pedir. Entonces no platica una con novio. Yo no quise, estoy llorando, gané una vez y se fueron. A los tres meses regresaron otra vez y entonces dice mi mamá "no, ora sí te casas, nomás eres puro capricho, ya estás grandecita y tu papá ya te dio". Pues usté verá, le dije yo llorando. Me conformé y me casé, porque lo que manda mamá, se hace.

Cuenta tía Juana que cuando se casó, ninguno de los dos tenía amor, en esos entonces no era importante, pero con el tiempo se conformó y ya estuvieron contentos. Para convencerla, su madre usó métodos tajantes, según recuerda.

—Ajá, pasó revuelta del año veinta y empezaron a llevar muchachas. Llevaron a un mi prima; se quedó el muchacho llorando, ya se iban a casar. Lo bueno es que ella huyó. En un ratito descuidaron, se salio ella… Y así me espantaba mi mamá a mí, porque a las casadas no la llevan; llevan al viuda, al soltera, al chiquita; las casadas no.

Y así Juana Ríos y Alderete contrajo nupcias, por la ley y por la iglesia, con un hombre al que no amaba, a quien de hecho no conocía, pero que al paso de los años llegó a soportar y a conformarse con él. El que le aconsejó que tuviera paciencia fue un sacerdote, pues Juana, desesperada de lo mucho que tomaba su marido, ya lo quería dejar, pero el padre le dijo que cargara su cruz. Y Juana se aguantó. Por eso ahora que sus hijos ya están casados y que es viuda hace mucho, cada vez que quiere, empaca en una caja las yerbitas y unos centavos, toma su rebozo y se va feliz. Ya no tiene que obedecer a nadie, ni dar cuentas a nadie, ni aguantar a nadie, como hace treinta y cinco años, cuando llegó de la región amuzga para quedarse en San Miguel.

Tía Tere, en cambio, ya se había casado grande, de unos dieciséis, y también la habían ido a pedir con todas las de la ley. Ella no quería, pero tuvo que obedecer a sus papás. Con aquel hombre se fue a vivir a Chilpancingo. La llevó por aire, porque en aquellos tiempos había avión en San Miguel.

—¡Chulitos se veían los cerros y el pueblo desde arriba!

Le dio un poco de miedo, pero la verdad era mejor ir así a Chilpancingo que en bestia o a pie, pues se hacían como tres días de marcha. Y es que, fuera del aeroCopala, no había más camino que una veredita para salir de su tierra. Se fue, entonces, a vivir a Chilpancingo con su esposo, pero la ciudad no le gustaba nadita. Un día se decidió, agarró todas sus cosas y le dijo al marido que iba a pasear a su pueblo, a San Miguel. No quiso regresar con él.

—Cabrona soy si me regreso —dijo.

En ese entonces, la gente se estaba levantando en armas y el marido, ya abandonado, se unió al movimiento cristero, con tan mala suerte que casi al inicio lo mataron. Así que, con más razón, ya viuda, Tere se quedó en su casa. Y, cosa rara, a pesar de lo rebelde que era, su papá la aceptó de nuevo con ellos; le hacía falta quien echara tortilla.

—Y como a mí siempre me ha gustado echar tortillas, moler el nixtamal, yo estaba feliz.

El nixtamal… el molino…Tía Tere abrió los ojos. Carmelita ya no estaba ahí; tal vez creyó que dormía y se fue sin hacer ruido. ¡Ah qué muchacha!, ojalá y nunca se hubiera embarazado, se repetía Tere muchas veces. Con dificultad se puso de pie. Buscó su bastón que a veces le servía de apoyo, pero no lo encontró:

—Mela, Carmela —le gritó a su hija— a ver si alguno de los muchachos puede llevar las cosas aquí con Eliseo… ¿No has visto mi vara?

—Aquí está, se le había olvidado junto al fogón. ¿Qué quiere que los muchachos lleven, si ya sabe usted que puro calle les gusta? No sé ni dónde están.

—¿Quién podrá llevar a moler esto? Yo no puedo sola y tú, te vayas a caer. O, total, no hacemos nada.

—¡Pero cómo no vamos a hacer mole! Nos vayan a reclamar luego las ánimas. Ahorita pasa algún chamaco y se lo encargamos. Espérese tantito.

A tía Tere ya casi le daba igual. Despacito, con su paso balanceado de un pie a otro a fin de que no le doliera tanto, se fue hacia la cocina a echar unas tortillas para la comida, como cuando era niña…

—La mano, mamá.

—Que Dios te bendiga. Ándale, vete a limpiar la milpa con tu papá y luego ya te vienes corriendo al metate, a moler el nixtamal y a echar tortillas para todos.

Desde chica, Tere había sido muy trabajadora. En realidad todas las mujeres de San Miguel, desde niñas, tienen mucho que hacer pero Teresa, además del trabajo de casa, ayudaba a su papá en la faena.

—Buena era yo para limpiar la milpa; podía arrancar bastante monte.

Pero lo que más le gustaba era echar tortillas, aunque eso significaba moler a brazo en el metate todo el nixtamal; porque entonces no había electricidad, ni molinos como los de ahora: Tía Tere se ufanaba de que, aún ahora, a sus ¿sesenta y seis?, ¿setenta y seis?, a sus muchísimos años todavía hacía las tortillas como una muchacha. Lo malo que como su vista ya no era muy buena, a veces se quemaba con el comal caliente.

—Qué tal será lo vieja que soy, que ya no veo bien.

Como caído del cielo, Nino se asomó a su casa para ver si no se les ofrecía algún mandado. Muy en contra de su gusto había ido allí y a otras casas, pues ya no tenía edad para eso, pero su abuelito estaba muy enfermo y necesitaba el dinero:

—Buenas, tía Tere, vengo a ver si no se le ofrece algo. Cerrando un poco los ojos Tere intentó reconocerlo.

—¿Quién eres tú, muchacho?

—Soy yo Saturnino Bustamante.

—¿Hijo de Josafat?

—Sobrino de Josafat, hijo de Aurelia.

—¡Ah! ¿Es cierto qué está malo tío Anselmo?

—Sí, mi abuelito apenas y se puede mover. Por eso vine a ver si le puedo ayudar con algún mandado.

—Pues sí… ¡Mela! ¡Mela! Dale a este muchacho el chile y lo demás para que lo lleve al molino… ¡Pobre Anselmo!

Anselmo es el abuelo de Nino. Tiene ochenta y seis años cumplidos y su cuerpo ya no conserva la forma esbelta de antes. Bueno, delgado sigue, cada vez está más flaco, pero su espalda se ha ido jorobando hasta tomar la forma de una interrogación. Por eso tío Telmo ya casi no sale de su casa; se la pasa sentadito todo el día en su hamaca y apenas y se mueve o habla. Su único entretenimiento es recordar cuando tenía muchas mujeres, y tocar la flauta. Porque tío Telmo es músico, de solfa y todo. Él aprendió con el maestro Colmenares, cuando en San Miguel sí se apreciaba la música.

A tío Telmo lo que pase en el mundo lo tiene sin cuidado. No puede ni ver televisión ¡Cómo va a ser! Vive con su hija y sus nietos en una casita de techo de palma y paredes de palos, a través de las que se puede ver perfectamente, y no tienen luz. Y aunque tuvieran, son tan pobres que no podrían comprar una televisión. Sólo le importa lo que pase en el pueblo en la medida que la gente lo llame para que diga unos responsos. Él es el cantador oficial en las misa de difuntos, en los velorios y en el panteón. Le pagan una moneda por el responso:

—No cobro más porque me castigan las ánimas.

Lo malo es que cuando él se muera ya nadie cantará a los muertos; si no se interesan en oír lo que este hombre quiere relatar, mucho menos en aprender sus lecciones.

El único que le hace caso es Saturnino, su nieto; nomás que no tiene mucho tiempo para el viejito pues siempre anda de aquí para allá, chambeando de lo que sea para sacar unos centavos y sostener a su familia. A pesar de que su hermano grande, el casado, les ayuda como puede, Nino desde muy chico cargó con buena parte de la responsabilidad de su familia. Entre los rezos de su abuelo y sus pequeñas faenas sacaba para mantener a su mamá y a su hermana. Lo malo que a veces se burlaban de él por andar de mandadero después de los doce años –un varón no debiera ya hacerlo- y terminaba a los golpes, sin dinero y sin mandado.

Ahora que está más grande casi siempre trabaja de albañil porque nunca terminó la primaria. Se quedó con las ganas de estudiar, aunque dice su mamá que ni podía con eso; él quería siquiera llegar a la secundaria para salir de pobre.

—Éste es como animalito, no aprendió nada, nomás iba a la escuela puro a pegarle a los chamacos.

Y Nino se ríe. Sí, a cada rato lo regresaban a su casa porque ya le había pegado a alguien. Pasó a quinto año cuando se salió definitivamente de la escuela.

Por eso Nino anda de aquí para allá haciendo encargos o trabajos. Si no saca lo suficiente en el pueblo se va a Copala a darle de albañil o peón o lo que se ofrezca. Con más razón ahora que no tienen ni los pocos pesos que rezando sacaba su abuelito. Ya está en edad de casarse, pero no se acaba de animar pues se la vería difícil con una boca más para mantener, aunque, claro, ella le ayudaría a su mamá en la casa y cuidaría a tío Telmo.

—Porque la mujer es para tenerla en casa y si se enfada, ¡que se vaya!, uno ni sufre... tantas mujeres que hay en el mundo.

Por lo pronto lo que le preocupa es conseguir dinero para la medicina que necesita Anselmo, pues aunque Nino no lo admita fácilmente, lo quiere mucho. Y lo necesita. Al fin y al cabo, Anselmo es el abuelo de Nino.

Tía Tere y tío Telmo Habían sido niños y jóvenes más o menos al mismo tiempo. Claro que ella era gente bien, hasta usaba aretes. Anselmo en cambio, apenas la había ido pasando, pero había sido un hombre agradable. Muy mujeriego de joven, muy devoto ya de viejo. Siempre con su flauta. ¡Qué tiempos aquellos de su juventud y su infancia!

Tía Tere se había criado en San Pedro, que entonces sólo era una ranchería formada por sus propios paisanos. Recordaba que seguido iban a San Miguel a comprar manteca y aceite. En ese tiempo era más chico. Y más oscuro. Como no había luz… También recordaba que el pueblo era más animado. Había bandas de música, tocaban la vihuela, se bailaban chilenas. Ella fue siempre muy bailadora, aguantaba toda la noche a bailar, y a bailar recio. De vieja era que ya no iba, porque mucho se cansaba y porque ahora, era más bien la muchachada la que estaba en los bailes.

—No como antes, que encontraba una a todos.

Los días 31 de octubre, en la noche, se reunían los muchachos con sus instrumentos y pasaban de casa en casa llevando serenata. Los invitaban a entrar, a comer molito o un tamal, a tomar chocolate y pan de yema o a echarse un mezcal. Tomaban o comían un poco, pues en cada casa hacían lo mismo, pero así animaban a todo el mundo. Era el inicio de las festividades de Muertos. Ahora, en cambio, casi nadie sabía tocar instrumentos y las serenatas eran sólo recuerdos de viejos. Como casi todos los muchachos ya estaban borrachos para esas horas… Así seguramente estarían sus nietos, por eso Nino le cayó de perlas cuando pasó para llevarse los diversos chiles al molino de Eliseo.

—Pobre muchacho, ¿por qué será que su tío Josafat no le ayuda?, con tanto dinero que tiene ese hombre.

Algunas veces tía Tere pensaba que en San Miguel la gente era corrientita, como dicen allá, que en caso de necesidad se ayudan.

—Pero, pensándolo bien, ya casi no pasa eso, y menos si se trata de dinero; todo está cambiando.

Empezaron a sonar las primeras campanadas del toque de angelitos, ya eran las doce. De ahí y hasta el día siguiente, a intervalos, las campanas repicarían anunciando la llegada de los pequeños, de las ánimas de los muchitos que se fueron antes de cumplir los doce años y que este día vienen a darse un festín con lo que la gente haya puesto para ellos. Todos los altares, con o sin arco o en forma de tumba, tienen pan de muerto, tamales, chocolate, a veces atole o refrescos, dulces, chicles, golosinas. Si la situación lo permite, queso fresco, algún juguete favorito del nene, frutas, manzanas, naranjas, guayabas.

Por supuesto, sea de angelito o de difunto, no faltan las flores de cempasúchil, la veladora al frente para que el ánima no se pierda, y un vaso de agua para que calme la sed. Al fondo, recargadas en la pared, están las fotos o las figuras de los santos según la devoción especial de cada familia. Los amuzgos, además, ponen debajo de sus altares un poco de copal, para llenar todo el ambiente con su olor, y un camino de pétalos desde la calle hasta el altar; dicen que así las ánimas no tienen excusa para no llegar.

Eso sí no había cambiado. Esas costumbres eran las mismas, y ella no esperaba otra cosa. Ni siquiera ponía en duda su permanencia. Lo que sí, es que ya la gente estaba más amolada y no ponía altares como los de antes. Y es que antes se vivía mejor, el pueblo era más próspero. Como en aquellos tiempos en que había avión, por ejemplo. Entonces venía un señor, muy rico, que tenía grandes cafetales.

—¿Cómo era que se llamaba ese hombre?... ¡Quién sabe!, luego se me olvida, porque ya de vieja me estoy destanteando.

El caso es que ese señor empleaba a buena parte de la población de San Miguel en lo del café. Les pagaba como uno cincuenta por costal, ¡un dineral hace cuarenta años! Por eso todos lo querían y todos trabajaban felices con él. Aunque se decían cosas… que tenía un pacto con el diablo, que por eso sus cosechas se le daban tan bien, pero que le pedía a cambio la vida de una de sus gentes, cada año, en días de Muertos. Así ocurrió durante mucho tiempo. Hasta que un día, Lucifer se llevó a su único hijo legítimo y el hombre ya no quiso tratar con él. Desde entonces el pueblo está amolado. El único recuerdo presente de ese hombre es un hijo que tuvo con una muchacha de San Miguel.

Dicen que don Miguel ya era un hombre grande, de casi cuarenta años, y ella, muy jovencita. Dicen que así es como le gustan, tiernitas, pues en cuanto cumplen más de treinta ya le aburren. Aunque dicen que ya está chocheando, pues con la que se acaba de casar tiene treinta y uno. Claro que él acaba de cumplir los noventa y dos años. Vive en Chilpancingo.

Arturo, el hijo que le hizo a Ángela, le salió bueno, hasta un puesto en el gobierno ya tuvo el muchacho. Es muy trabajador y cuida bien a su mamá. Su padre le ha ayudado y Turo ha sabido aprovecharlo. En San Miguel lo quieren bastante. Dicen que se parece a su papá... ¿será?

Recostado en su hamaca, Arturo contemplaba el ir y venir de su madre.

—¡Qué vieja se está haciendo!, ¡quién dijera que fue una de las mujeres más bonitas de este pueblo! Turo usa pantalones de mezclilla, camisa de poliéster de manga corta y tenis; alrededor del cuello trae una cadena de oro. Casi nadie en el pueblo tiene cosas como las de él. Nadie en San Miguel vive como él.

Ángela también veía a su hijo. Sí, definitivamente había valido la pena que se consagrara a él, le había salido bueno su muchacho. Y el padre, de lejos, siempre lo había vigilado. A ella le dio su lugar y se aseguró de que no les faltara nada. Don Miguel nunca se casó con Gela. El pueblo sólo le quedaba de paso y no era su idea establecerse allí. Ángela se acordaba de cuando conoció a Miguel. Él era guapo y con un gran futuro. San Miguel era un municipio pequeño y oculto, pero era un centro muy importante de beneficio de café. En los alrededores se hacía la pizca y ya ahí se beneficiaba y empaquetaba para mandarlo muy lejos. En esos entonces no había siquiera camino de terracería ni para llevarlo a Copala ni para enviarlo a Chilpancingo o la ciudad de México o al resto del país. Miguel tuvo una idea: construyó, o más bien improvisó, un pequeño aeropuerto, allá por la entrada del pueblo. San Miguel quedó comunicado por vía aérea y las personas que iban a Copala o a Chilpancingo ya no tenían necesidad de usar bestia o ir a pie, siempre y cuando tuvieran para pagar el pasaje.

Miguel conoció a Ángela ya más señorita. Tendría unos trece años cuando él comenzó a enamorarla. Ella en un principio no le hizo caso, Miguel le parecía muy grande y muy lejano. Qué artes usaría para conquistarla, eso es algo que doña Gela se llevará a la tumba. El caso es que un buen día se dio cuenta de que estaba embarazada. A partir de que nació Arturo nada más le preocupó en el mundo. Desde hace muchos, muchos años no ha vuelto a saber lo que es una noche de amor.

Por algún tiempo don Miguel siguió yendo a San Miguel; siempre se enteraba de los progresos del muchacho y respondía por sus acciones y sus gastos. Arturo recordó el orgullo de su padre cuando supo que había sido electo presidente municipal de San Miguel. Claro que el viejo no lo había dicho, pero Turo conoció el significado de su mirada. Arturo siempre se supo distinto de los del pueblo. Desde el color de su piel, hasta su vestir y sus aspiraciones. Por eso, cuando en 1982 llegó por fin la señal de la televisión, él y su familia ya tenían dos años con su antena instalada y dos televisiones para recibirla.

—¡Ah qué chingaos no!, yo quería ver lo primero que llegara.

No se casó con una mujer de su pueblo. La fue a buscar a otro lado, bien bonita, con ojos claros porque quería hijos hermosos. Y no le falló. Perla puso su parte y con la herencia de Ángela, que es aún una mujer bella, el resultado fue cuatro hijos muy guapos, dos varones y dos niñas. Cuando Arturo era presidente municipal los cuatro estaban pequeños; Arturito tendría unos diez años y Miguelito ocho. Esos chamacos también eran muy modernos. Desde esa edad, aunque con trabajos, manejaban el jeep; en él llevaban a su mamá de compras al mercado.

—Claro que ahora —dice la propia Perla— Victoria Gutiérrez, la esposa del actual presidente, no va ni siquiera en coche, ella tiene mozos y sirvienta a quien manda por las cosas o bien se surte en Copala. Eso es lo que la gente más pudiente hace ahora, ir a Copala.

Arturo se propuso que sus hijos fueran "algo más", que estudiaran y salieran de San Miguel. Dice que en este pueblo no hay nada en qué trabajar. Entonces compró una pequeña finca en Copala, para que cuando Arturito estudiara la secundaria, tuviera en dónde quedarse. Al paso del tiempo y con los muchachos más grandes, decidió llevarse la familia a Chilpancingo. Ahora todos viven allá, Arturito ya está estudiando diseño industrial.

—Lástima que de eso no pueda trabajar en San Miguel, pero ni modo, eso quiso mi hijo…

Arturo pasa temporadas en Chilpancingo con su familia y temporadas en la finca de Copala, pues tiene negocios que atender. A San Miguel sólo van en las vacaciones a visitar a la abuela, como ahora, que es el puente de Muertos. Las niñas ayudan a doña Gela a poner el altar y platican con ella mientras se preparan para ir al panteón a visitar a sus difuntos. Sus hijos descansan y se aburren soberanamente. No hay diversiones como en Chilpancingo y no les gusta juntarse con los muchachos del pueblo a tomar todo el día. Y de casarse ahí, ¡ni pensarlo! No se llevan con ninguna y además… no, la verdad que no. Tal vez si alguna esté bonita, tal vez si

89

alguna sea generosa, puedan llegar a una solución como la de don Miguel con su abuela Ángela. A veces Arturo también piensa en eso. Pero él quiere que sus hijos salgan de ese medio. Es un visionario, como don Miguel, no en balde dicen que se parece a su papá… ¿será?

Así era como se le iban los días a tía Tere, entre recuerdos y recuerdos. Qué le quedaba ya, pues, si casi no salía de su casa. Aunque quisiera, sus piernas no se lo permitían y aunque se lo permitieran, no se veía bien que una mujer estuviera nomás ahí paseando como si no tuviera nada qué hacer:

—En las tardes casi no tengo oficio pero no salgo, ¿cosa van a decir que estoy buscando en la calle? Nomás a la iglesia voy.

Regresó Nino con lo del mole:

—Ya está, tía Tere, que dice la señora Marina que le luego le manda cobrar lo de la molida.

—Ah, ¿qué estaba ella, tú, pues?

—Sí, ¿a poco cree que le van a pagar a alguien más para que se encargue?

—Tanto dinero que tienen esos, y mi ahijado Cheo es muy duro, muy duro para el dinero.

—Sí. Bueno ya me voy —le dijo Nino esperando su propina.

—A ver, deja darte algo para ti y para tu abuelo —le dijo Tere al tiempo que entraba en la casa con su paso bamboleante—, no es gran cosa pero algo es algo.

Salió llevando en la mano una bolsa con cuatro o cinco panes de muerto:

—Toma, a ver si les gusta.

Nino ya ni se enojó; nomás le dio risa.

—¡Ah qué viejita!, pero eso sí, está buena para hablar mal de don Eliseo.

Eliseo avanza con dificultad. Peor ahora que se esta haciendo viejo. Casi no le gusta salir porque le cuesta mucho trabajo caminar. ¡Quién lo dijera! Él, que sentía tener una vida plena por delante:

—Pero eso sí, lo bailado no me lo quita nadie.

Cheo era de los muchachos mejor parecidos de San Miguel; él y sus hermanos siempre tuvieron chamacas para divertirse. Le ayudaba mucho su carácter, afable, jovial. Le gustaba, y todavía le gusta, invitar a los amigos. A echarse unos refrescos, dice él, aunque en realidad sea mezcal o cerveza. En San Miguel lo conocen todos. Tiene la casa más vistosa del pueblo; es de dos pisos. Arriba tiene los billares y abajo están su recámara, el comedor, la cocina y, sostenido por unos arcos, un gran porche donde acostumbra pasar las tardes tirado en su hamaca viendo televisión —al cabo que tiene parabólica y televisor a color— o bien tomando refrescos con sus amigos. O las dos cosas:

—Qué otra cosa se puede hacer, dígame, sí aquí no hay diversiones.

Lo del balazo fue ya hace mucho tiempo y no fue en San Miguel, ¡qué va!, allí toda la gente es pacífica, es un pueblo muy tranquilo. Esto ocurrió en Pochutla. Cheo era joven y enamorado. Estaba ya casado, pero su mujer se había quedado en el pueblo. Así que él llegó, joven, guapo y arrogante montando su caballo. De inmediato se reunió con los amigos a tomar unos refrescos. Debieron haber sido bastantes, pues desde siempre la familia tuvo posibilidades; él recuerda haber gastado mucho. Al calor de las copas, emergió el calor corporal y la búsqueda de alguna muchachona bonita y alegre entre la concurrencia. Por supuesto que no tardó en encontrar una que fuera de su agrado, la empezó a rondar y la invitó. La cosa es que al rato, cuando la dama ya estaba sentada en sus piernas, feliz de la vida, acertó a pasar por allí su novio u otro enamorado, a quien eso no le pareció y sacó la pistola y disparó.

—Lo bueno que el amigo ese no tuvo puntería, porque sólo me dio en esta pierna.

Desde entonces Cheo se compuso. Ya casi no sale de su casa:

—¿A qué salgo yo?, de por sí no me gusta.

Lo que sí, es que sigue tomando cada vez más. Hace poco hasta tuvieron que ponerle suero porque ya se estaba muriendo, pero ni así entiende. Si acaso se abstiene unos días, pero al poco ya está invitando los refrescos en el porche de su casa. El día preferido es la tarde del sábado; casi no hay hombre en San Miguel que no tome desde esa hora y todo el domingo. Las mujeres ya están acostumbradas y ni les dicen nada.

Marina, la mujer de Eliseo, ya sabe que si entre semana casi no cuenta con él, el fin de semana, menos. Ella sola debe atender la paletería que tienen ahí junto a su casa, y muy de mañana el molino de nixtamal, pues es el más cómodo para quienes viven por el centro. Hasta Carmela y tía Tere llevan allí a moler su nixtamal, y eso que hace poco se pelearon por unas cubetas que dizque les robó. Bueno, eso dicen ellas; Marina dice que fue al revés.

Esta mujer no se puede quejar. Se casó con uno de los jóvenes más codiciados de San Miguel. No habían podido tener hijos pero, según ellos, eso les permitía tener más comodidades:

—No que, mire, cuando tienen tanto chamaco, pues apenas y salen con los gastos.

Así, en cambio, se habían podido construir su casa de dos pisos. Cheo le regaló luego un comedor de mueblería con todo y vitrina —sólo la mujer del presidente municipal y ella tienen uno así—, le fue comprando su licuadora, su batidora, su radiograbadora y por supuesto su tele a color. Hace poco llegó con una sorpresa, una antena parabólica para poder ver bien todos los canales. Ahora sí sus comedias de la tarde se veían bien chulitas.

Cheo es de los hombres más ricos del pueblo —se nota en su casa y en lo que tiene— pero la gente no lo quiere mucho. Es prestamista, de eso ha hecho su fortuna, y no se toca el corazón para cobrar intereses del veinticinco o treinta por ciento. Veinte si son muy amigos. Renta cuartos, chiquitos y con un solo foco y un enchufe, a doscientos o doscientos cincuenta al mes, sin comidas ni nada. Cuando presta dinero hace que firmen papeles y si no le pagan se vale hasta de abogados.

Soltar el dinero le duele más que sacarse una muela y primero pone a trabajar a su mujer todo el día, mientras él se recuesta en su hamaca, que pagarle a alguien para que haga las cosas. La gente lo busca porque, ya tomado, les invita las copas. Así sí es espléndido y como es su única diversión —dice él—, pues eso ocurre a menudo. Prefiere pasarse la tarde tomando o viendo la televisión, porque salir no le gusta. Y es que casi no puede caminar.

Tere vio a Nino alejarse hasta que se convirtió en una figura borrosa que iba rumbo al municipio a ver si había por ahí algún trabajo.

—Voy a empezar a hacer mi mole, si no, vayan a llegar los angelitos y no les tenga yo nada... si ya es bien tarde.

Nino le trajo la pasta, pero tía Tere se había cerciorado de mandar todos los ingredientes necesarios. Repasó en voz alta: chile pasilla, chile ancho, mulato, chipotle... ajonjolí, cebolla, ajo, chocolate, pan de yema, pasas, almendras, pimienta, clavo, yerbas de olor, cacahuate, plátano, nuez, canela… ¿Era todo? Bueno, ella agregaría después el jitomate y el caldo de gallina.

Buscó su cazuela grande de barro, una que había hecho ella misma hacía como diez años. Antes hacía ollas y cazuelas, ahora no; como ya estaba vieja, pronto se fastidiaba de eso, y además ya nadie se las encargaba. Las muchachas de ahora ni las sabían hacer ni les interesaba que se las hicieran, preferían gastar y comprarlas en el mercado de Copala. Sacó, pues, su cazuela y le puso la manteca donde, con lujo de paciencia, pondría a freír aquella pasta.

—Debe quedar bien frita, para que no la esté uno repitiendo.

Contaba con todo el tiempo del mundo así que, de nuevo, sin sentirlo, comenzó a pensar en aquellas personas que ya se habían ido y que, de cuando en cuando, regresaban como entre sueños a platicar con ella. Varios que fueron muchachos con ella ya no estaban, unos se habían muerto muy jóvenes; otros, apenas hace poco. Se acordaba hasta de Evodia, aquella muchachita tonta que se murió cuando llegaron los de la revolución y se la llevaron al monte a violarla. Sí, de ese susto había muerto la pobre, y es que era una chiquilla, más tiernita que su Rocío.

¡Qué distintas eran las cosas ahora! Tere, por ejemplo, nunca le dio motivo de enojo a su padre. Incluso para su segundo matrimonio, aunque ya había sido casada antes, la fueron a pedir otra vez, y otra vez se siguió la costumbre. Los papás del novio fueron con Adalberto Loaeza, su padre, a pedirla. Luego de que él hubo consultado con Tere, los futuros suegros regresaron con el presente —guajolote, pan, chile, recaudo, mezcal, cigarros— a cerrar el trato y quedar así emplazados para la fecha de la boda. Ése fue su segundo marido. Poco tardó Tere en darse cuenta de que era desobligado y borracho, y mucho sufría con él. Para su alivio, su situación no duró demasiado, en unos años el hombre murió:

—De borracho, de eso murió; porque aquí mucho se muere la gente de eso, de borracho.

Luego conoció a Severino Fenelón, que la enamoraba muy chulito y se quería casar con ella. Pero Tere le dijo que no, que ella ya había sido casada antes y que eso no le había gustado nada. Que si querían, podían vivir juntos y más a gusto. Con él tuvo a Carmela, su única hija. Lo malo es que, quién sabe por qué, le había salido muy enfermiza desde chiquita:

—Puro malo está mi muchacha.

—Antes me daban ataques, mire usted —cuenta Mela—, ahora ya no, ahora ya sólo me dan unos mareos que me caigo.

Y cuando a la pobre le dan esos mareos, o se agarra de lo primero que encuentra o se cae, con riesgo de descalabrarse. Por eso ya no va sola a la calle; casi nunca está sola, siempre con tía Tere. Hace poco quiso hacerle unas tortillas a su mamá para sorprenderla, pues siempre le dice que como ella —como tía Tere— nadie puede echar las tortillas, pero dónde le vino a dar el mareo:

—Al tiempo de poner la tortilla en el comal me marié, me caí y, mire, todita la cabeza me abrí.

Con sus mareos y todo, Carmela se animó a casarse. Dice que tuvo cinco hijos pero que el último se le murió porque se amuinó. Que le dijo el doctor que ella no quería al bebé.

—¿Pero va usté a creer que no lo quería yo?

El cuento es que le sobrevivieron cuatro muchachos, dos hombres y Carmelita y Rocío. Mela está segura que se tienen que querer, pues son hermanitos de papá y mamá. Pero el padre de sus hijos no se quiso quedar con ellos mucho tiempo, así que un buen día se fue para Pochutla, pues allí tiene otra señora. A Mela no le gustó que la abandonara así nada más. Entonces consiguió que lo fueran a traer los soldados.

—Yo ya no quería molestar, sólo quería que se divorciara. Allá en el municipio se hicieron los papeles y yo se lo entregué a esa señora.

Y así fue de la forma en que Carmela, como tantas otras mujeres en el pueblo, se tuvo que hacer cargo de su familia ella sola. Su padre también había muerto. Un buen día dijo que le dolía el pecho; no llegaron a tiempo a salvarlo.

—Mire usted, parece que se le rasgó, así todita, la tela del corazón.

Para su consuelo le había dejado unas tierritas, unas vaquitas y una tienda. Crió a sus hijos lo mejor que pudo, pero dice que no lo hizo muy bien pues los varones son bien groseros con ella y hasta le pegan cuando están tomados. De las niñas, pues ya lo saben todos, Carmelita salió embarazada, así solita, de un muchacho de Miahuatlán, parece, y cuando tenía unos meses de haberse ido, Rocío no soportó la idea de estar sola y se fue a vivir con Pancho, el hijo de Lalo.

—Como siempre habían crecido juntas... —Carmela se resigna— porque, ya ve usted, cuando están chiquitos tienen un gusto y cuando están muchachos tienen otro, ¡María Santísima!

Entonces ahora Mela y tía Tere pasan las tardes eternas platicando sentadas en el porche de su casa. Cuando están sus hijos en casa les piden que les prendan la televisión, si no, ni la ven:

—Porque como yo ni le hallo, mejor ni la toco, porque los chamacos van a decir que yo la descompuse.

Así que si no es en sus pequeñas labores y oficios, Mela se entretiene platicando con su mamá, porque —por supuesto— es muy rara la vez que le prenden la televisión.

Es común verlas en la entrada de su casa; Mela cada día más vieja y más flaca, sobre todo desde lo de Carmelita. A veces, cuando su mamá no la oye, para no preocuparla, le reza a la virgen.

—María Santísima, cuando se vaya una, que también se vaya la otra, porque qué sola va a estar la que se quede.

Era cierto, por eso también tía Tere se preocupaba, porque puro malo estaba su muchacha.

El mole ya estaba bien frito, en su punto. Quitó la cazuela de la lumbre para que se enfriara un poco. Cuando se asentara y la grasa subiera, estaría lista para hacer los tamales, pues esa grasita es la que se mezcla con la masa para darle sabor. Ya tenía listas, bien asadas, las hojas de plátano en las que se envuelven los tamales y también la gallina con la que se rellenan. Era muy buen tiempo. Antes de que los angelitos llegaran, los tamales estarían ya cocidos y hasta puestos en el altar para el disfrute. Había sido un día muy largo. En cuanto terminara con ese asunto se iría a acostar. El día siguiente, aunque más descansado, tenía lo suyo, y ella ya no estaba para esas danzas.

—Sí, de veras, antes la vida era mejor... tenía yo más ánimos para todo.

San Miguel se fue quedando dormido; ella antes que él.

Todos Santos

Esta es la primera vez que Luis va a poner altar en su casa. Cuando era chico lo ponía doña Lala, su madre. Después, cuando se casó con Silvia, lo ponía su mujer. Ahora tendrá que hacerlo él solo. Bueno, no tan solo, porque sus hijos seguro le ayudarán. Ya sabe lo que es bueno después de que ha pasado las de Caín.

De muchacho, en cuanto tuvo edad suficiente, empezó a beber; le encantaba hacerlo. O tal vez ni le encantaba, pero como esa es la costumbre por allá… Claro que no era estar nomás de vago, también trabajaba para ayudar a su mamá. Conducía alguno de los camiones del Flaco o del Chango; no pagaban mucho, pero sí suficiente. Todo lo que tenía que hacer eran tres o cuatro interminables recorridos de San Miguel a Copala y de regreso:

—¡No, si el camino a veces está lleno de baches, y es aburrido como la chingada!

Lo bueno, al final de cuentas, era tener chamba. Mucha gente sale temprano del pueblo rumbo a Copala pues allí trabajan de albañiles, peones, meseros, barrenderos, en fin, el turismo les da qué comer, pero deben llegar antes de las siete. Así que entre las cinco y media y seis hace Luis el primero de sus viajes. Luego, más tardecito, las mujeres van o envían a sus hijos pequeños a diversos mandados porque siempre se ofrece algo y no siempre lo hay en pueblo. Hacia el medio día, primero, y después a media tarde, van las mujeres a vender el pan que se hace en San Miguel.

Al recordar esto Luis cierra los ojos y casi puede sentir en su nariz el olor que despide el pan recién hecho. Como su madre es panadera, lo tiene grabado con especial fuerza. Respira hondo para sentir el aroma con el que San Miguel, presumido, se perfuma.

Cuando creció un poco más, sintió la necesidad de tener mujer. Conoció a Silvia, una muchacha preciosa; no era de San Miguel, pero qué importaba. Sus ojazos y su cuerpo fueron razón suficiente para quererla junto a él. A doña Lala no le cayó ni tantito bien la muchacha y constantemente tenían pleitos. Luis, que se emborrachaba casi diario, le daba razón a su mamá y le pegaba a Silvia. Después de varias tundas, ella tomaba sus cosas y se marchaba a su casa. Luis, arrepentido, iba por ella. Los ruegos y promesas de componerse la traían de vuelta. Claro que no dilataba mucho antes de que todo volviera a ser igual. La historia se repitió varias veces.

Lo que estuvo horrible fue cuando les atropellaron a su hijito mayor, que tenía como dos o tres años. Junto al puente hay una bajada amplia que llega hasta el río y es muy común que lleven ahí a lavar las camionetas. Nadie supo decirle muy bien cómo fue —ni siquiera Silvia, por eso Luis la medio mató a golpes—, pero el caso es que el niño se puso a jugar detrás de la camioneta. Al terminar de limpiarla el chofer simplemente la encendió y se echó para atrás. Se lo llevaron al municipio pero logró probar que era inocente; sólo pagó una multa a la autoridad y una indemnización a Silvia y a Luis.

Aquella vez se dejaron mucho tiempo, pero finalmente volvieron y Silvia se embarazó de nuevo. Tuvieron otro varón, pero cuál no sería su mala suerte que lo atacó la polio y se quedó sin fuerza en las piernas. Ahora lo ves arrastrándose por el piso o bien con muletas.

—Yo ya le dije que estudie —comenta Luis—. Como no se va a poder sostener trabajando, se tiene que emplear en algo de usar la cabeza.

Después vinieron otros dos, una niña y un niño, pero ni así. La situación era cada vez peor. Silvia siempre enojada, siempre peleando con doña Lala y con sus cuñadas, siempre en la calle. Luis trabajando duro todo el día, pero bebiéndose el dinero por la noche y golpeando a Silvia.

En una ocasión, una de las hermanas mayores, que no vive en San Miguel, le dijo que llevara un camión a Santiago o a San Juan. A medio camino pararon a Luis y revisaron el camión; traía mariguana. Ese fue el inicio de un calvario que duró año y medio. Por una u otra razón lo pasaron de San Miguel a Copala, a Ometepec y finalmente a Chilpancingo, donde lo juzgaron. Hubo que reunir mucho dinero que su llorosa madre llevaba a las autoridades.

—Yo sé que no hizo nada, si yo lo supiera culpable sería la primera en pedir que lo encerraran.

Parece que lo que sí ayudó fue el testimonio de otros involucrados que se declararon culpables y dijeron que, en efecto, Luis no sabía nada.

Su sorpresa fue llegar a San Miguel y toparse con la noticia de que Silvia ya se había ido con otro, a otro pueblo, y se había llevado a sus hijos.

Luis hizo propósito de enmienda y le pidió a Silvia que regresaran a vivir todos juntos. Después de duras negociaciones consiguió llevarse a sus tres hijos de vuelta. Había otro pequeño, pero Silvia le dijo que no era de él. Ella no volvió.

Luis cumplió su promesa; ya no bebe casi nunca y trabaja muy duro por las mañanas. Las tardes y los domingos se la pasa con sus chamacos. Tiene su casa aparte y no acepta la ayuda de su madre, hermanas o sobrinas para criar a sus hijos. Dice que la vida le ha dado muchos golpes, pero que le han servido de lección, y espera no caer más. Lo que sí está buscando es una nueva mujer, porque, como él mismo dice:

—A todos nos está haciendo falta.

Y en su búsqueda anda probando de aquí y de allá. A veces se va con la viuda de Silvestre, aquella gordita que lo cubre con sus carnes —porque Luis es bien flaco y alto—, lo malo es que su mamá le tiene muina a la viuda y hasta dice que es bruja y que le puso tierra de panteón en su cama para que se muriera. Luego le hace la corte a Claudia, la hija de Lupe, y le dice que la acepta con todo y su niña. Claudia es también gorda y bajita. Otras veces vuelve sobre una antigua novia, Eugenia Gutiérrez, también gruesa de carnes, a quien sinceramente le salta el corazón cada vez que ve a este moreno de pronta sonrisa y dientes muy blancos. Él busca por donde puede, pero en este momento no tiene a nadie. Por eso, por primera vez, él solo, va a poner el altar de su casa.

De nuevo tía Tere estaba levantada desde muy temprano para hacer sus faenas habituales, sólo que ahora, al terminar, comenzó a separar algunos de los tamales que había hecho. Hizo paquetitos para repartir sus Muertos a las muchas comadres y ahijados que tiene. De todos modos, aunque ella repartiera, seguramente vendrían con tamales y pan para darle a ella también sus Muertos. Así que a fin de cuentas se quedaba casi con la misma cantidad. Lo curioso es que cada quien manda los Muertos con la intención de que prueben sus tamales y sean evaluados en relación a los otros que cada persona recibe. Pero al final del día o de los días, se tiene tal cantidad de tamales, de tantas gentes, que nadie sabe de quién son.

—Ya luego por eso ni quiero dar… para que crean que mis tamales los hizo otra…

En eso estaba cuando llegó una niña muy bonita que tenía su pelo negro agarrado en una cola de caballo.

—Buenas, tía Tere. Que ahí le mandan mi mamá y mis tías sus Muertos. Extendió un paquetito con tamales y otro con pan de yema.

—¿Y quién es tu mamá, niña?

—Mi mamá es Celia Gutiérrez, hija de la finada Josefina Cerón.

—¡Ah! Mi comadre la finada… ¡pobre! Ya tiene más de un año que murió ¿verdad? A ver, pásate, pásate, te voy a dar yo también para que les lleves… ¿Y cómo están tus tías?

—Bien cansadas. Como hicieron mucho pan que les encargaron…

Estos días en el pueblo hay más actividad que en el municipio los días de elecciones, y en casa de las Gutiérrez, peor.

—El altar lo tenemos que poner temprano, para ya luego empezar con el pan y los tamales, porque eso sí se lleva todo el día. Además hay que hacer bastantes, primero porque otras vecinas o comadres nos encargan —mucho les gusta nuestro pan—, pero también por los que la familia se come y por los que hay que mandar. Hay que mandarles sus Muertos a los parientes; claro que ellos también te regalan. Así que hay que empezar de una vez, primero a poner el altar, luego a hacer el pan, después moler los chiles y el chocolate para el mole y, ya de último, hacer los tamales.

Lo bueno que las Gutiérrez son muchas hermanas y se reparten el quehacer; así les enseñó doña Josefina Cerón, su madre, que en paz descanse. Antenoche, por ejemplo, pusieron el altar de los angelitos.

—¡Pinches hormigas! Se están llevando el pan del altar… ya todo está lleno de estas malditas.

—¡Déjalas! Han de ser los angelitos.

—¡Qué angelitos ni qué su madre! Orita las mato.

Las Gutiérrez siempre han sido muy unidas y siempre han visto las unas por las otras. Todas vivían en San Miguel hasta que murió doña Josefina. Ahora algunas se quedaron y otras se fueron:

—Es que sin la madre ya no es lo mismo, ¿qué sentido tiene que me quede?

Primero, Eugenia, Hilda y Chepina habían puesto un restorancito en Copala, pero el trabajo era mucho y la ganancia poca, así que decidieron dejarlo, cuando menos en esta época en que no hay demasiado turismo. Las Gutiérrez son un clan familiar como los de antes y se cuidan entre sí. Por ejemplo, cuando Geña tuvo a su hijo Simón, todas le ayudaron a guardar el secreto de quién era el padre. En San Miguel eso es difícil, como es muy chico, todo se sabe. El niño ahora tiene ya seis años. Está al pendiente de su madre y casi nunca se le despega, o si se va por ahí a hacer alguna travesura, rapidito regresa para no perderla de vista. Hoy, por ejemplo, hay que ver que no se coma nada del altar de los angelitos o que no se acabe el chocolate que es para el mole.

Pero Geña ha cambiado. Antes era más seria, más hosca. Ahora es más platicadora y su mirada se vuelve de amor cuando ve a su niño; ni le importa que el papá no haya respondido gran cosa por el muchito. Lo malo que también le ha dado un poco por la cerveza y a veces Simón se preocupa, y es que desde que murió doña Josefina la presión aflojó un poco.

—Prométeme que no vas a tomar más de dos, mamá.

La que sí, de plano, se encerró más que nunca fue Toña, tal vez por lo de su pierna. Ese es otro de los misterios de las Gutiérrez. En San Miguel no le saben decir a uno qué le pasó a esa muchacha, el caso es que medio cojea y siempre anda en pantalones y con calcetas largas. Nunca sale de su casa más que a la iglesia, y eso a veces. Ha ido varias veces a Chilpancingo y a México a que la curen pero siempre sigue igual. Ahora está peor, porque ella era la eterna compañera de su mamá y es la que, tal vez, más ha sentido su muerte. La vida de Toña se remite al interior de su casa y al corredor. La única vista que tiene es el jardincito donde están el tendedero, el baño, el horno de barro y, a últimas fechas, el corral de los pollos con los que van a empezar a hacer negocio. Nunca sale al río ni al mercado; a un baile, ni pensarlo. Siempre, siempre metida en su casa, sin hablar con nadie a menos que pasen expresamente a saludar.

A Vicky, la de en medio, le fue muy bien; es la más bonita de las hermanas. Desde chica fue novia de Memo, que ha sido muy buen muchacho, estudioso y con aspiraciones. La familia de él es de las más prósperas del pueblo, viven en la calle principal y son de los que más estudios tienen. Guillermo y Victoria fueron novios aun en el tiempo que él se fue a estudiar para ingeniero agrónomo. Cuando volvió, ya recibido, le propuso matrimonio. Fue una boda por las dos leyes. La difunta Josefina estaba muy orgullosa de su hija. Ahora Memo y Vicky viven allá por las canchas de voli en una casa muy bonita, con jardín y todo. Su casa no se parece a la mayoría de las de San Miguel; tiene las recámaras separadas de la sala, el comedor y la cocina. En la sala tiene su televisión a color con una antena parabólica, por supuesto.

Pero Vicky sale poco. Primero que nada porque vive muy lejos del centro, luego porque sus compras generalmente las hace en Copala, a donde Memo la manda con alguien. Como su mamá ya murió, pues no se ve bien que esté metida en casa de sus hermanas mucho rato, como si no tuviera oficio. Se contenta con ir a casa de su suegra un rato y aprovecha para darse una escapadita al parque con sus niñas. Los domingos, junto con Memo, va a la iglesia. Lo bueno de estos días es que son especiales, la gente puede estar más fácilmente en la calle. Se reunirá con sus hermanas en el panteón; llorarán un poco cuando arreglen las tumbas de sus papás y les pongan flores y veladoras. Y se encontrarán con todos los de San Miguel.

—Bueno, toma; les das esto de mi parte, a ver si les gusta —le dijo tía Tere a la niña.

La hija de Celia salió. Debía regresar pronto, seguramente la mandarían a llevar más Muertos. Así estaba todo San Miguel ese día. Los chiquillos, los eternos mandaderos, iban y venían cargados de tamales y pan, de una casa a otra.

—Nos vemos después en el río.

—Como a qué hora.

—Como a las dos.

Ojalá que la dejaran ir. A las dos de la tarde el calor era terrible y el río se antojaba como un paraíso. Además, como había llovido, estaba bien suave; la hondura estaba de veras honda, un metro o un poco más a lo mejor. Y a esa hora había mucha gente refrescándose en el agua. Sí, ojalá que la dejaran ir. No era por el permiso, sino que hasta que terminara sus mandados no se podría escapar. Así que mejor corrió de regreso.

Tía Tere estaba en el porche, con la pierna cruzada y fumándose un cigarro; aspiraba fuerte el humo.

—La mano, madrina.

—Que Dios te bendiga —entrecerró los ojos para enfocar. Era su ahijado Heraclio.

—¿Cómo está, tía Tere?

—Bien, Heraclio… ¿y tía Clara, cómo está?

—Como usted, fuerte y maciza y echándose sus cigarritos. Yo creí que no se iba a acordar de quién soy, como hace mucho que no pasaba a verla…

—¡Cómo va a ser…! El que quiere, nunca olvida y el que olvida no aborrece; el que es prenda agradecida, vuelve a querer si se ofrece.

—¡Ah qué tía Tere!

—¿Y dónde andabas que no habías venido?

—Por ahí. Ya ve que mucho salgo yo. Luego hasta creo que me voy a quedar por allá, pero siempre vuelvo. Como aquí está enterrado mi ombligo…

Heraclio es bien listo. Tiene estudios, se expresa con claridad, se interesa por el pueblo. Ama su tierra y a su gente —sobre todo a sus mujeres— y le gusta participar en todo. Según él, la juventud de San Miguel es distinta de la de antes; ahora algunos jóvenes se quieren ir fuera, otros ya trabajan en Copala para ganar más dinero, aunque muchos preferirían quedarse en el campo si lograran hacerlo producir:

—Pero para como están las cosas ahorita… definitivamente, los jóvenes ya no creen en el campo.

A él, como a muchos hombres en su tierra, le gustaba tomarse sus copas, había días en que se la pasaba borracho. Ahora tiene ya como el año de que se apartó del vicio. Esto fue cuando su mamá —hija de tía Clara— estaba mala. En su lecho de muerte le prometió que no volvería a tomar.

—Un tiempo sufrí con él porque mucho tomaba —dice Verónica, una de sus mujeres—, pero desde que ya no llega borracho las cosas están mejor.

Heraclio es el representante de las cuestiones agropecuarias ante la Secretaría de Agricultura e incluso ya fue síndico regidor del pueblo, el encargado de los asuntos legales. Le encanta la política; ve los noticieros —no sólo por prender la televisión como otros que ni saben qué vieron—, luego los comenta con quien puede, aunque a veces sólo recibe como respuesta un "ah, sí ¿verdad?" de alguien a quien, francamente, le da igual. Piensa que la televisión tiene mucha influencia en la gente, y luego con aquello del consumismo…:

—Definitivamente, tiene un gran poder, nos puede convencer. Por eso mejor habría que poner cosas que nos ilustraran o una telenovela que nos enseñara a ser felices; ojalá que los de la tele se acordaran de los del campo.

Dice que sus paisanos ya nacen con el espíritu de cooperar, y si no, nomás hay que ver el tequio.

—Mire, el tequio es una forma de trabajo prehispánica que subsiste en ciertas regiones de Oaxaca y Guerrero. Es un servicio gratuito que prestan los hombres voluntariamente, aunque no tengan muchas ganas, y es para hacer cosas por la comunidad, un camino, un pozo, la escuela, ampliaciones en el municipio… lo que se ofrezca.

Las mujeres miran con entusiasmo a este bigotón de ojos coquetos que se deja querer y pretende a más de una, además de que tiene dos familias, dos mujeres que saben de sus andanzas y no le reclaman. Claro que él no es el único que hace eso. Allá, muchos hombres tienen más de una mujer, o bien viven un tiempo con una, la dejan y se van con otra sin que eso les impida enamorar a una tercera. Y las mujeres no arman gran alboroto, no porque les guste, sino porque así están acostumbradas.

Heraclio ha estado pensando que el futuro del pueblo está en la fruticultura. Dice que si se organizan podrían salir de nuevo adelante, como en los viejos tiempos, y de paso motivar a los jóvenes a que se queden. Por eso se fija en las cosas, ve las noticias, comenta sus ideas, se mueve por aquí y por allá. Definitivamente, es de los más listos de San Miguel. Se puso de pie para despedirse de su madrina de persignación.

—Buen día, tía Tere, ya me voy porque ya va a empezar el informe del presidente y lo quiero ver en la tele. ¿Usted no lo va a ver?

—¿Cosa voy a ver yo? En primera ya ni veo. Por eso no me siento a verla. En segunda, a mis nietos no les gusta que tóquemos el aparato y luego además ni le entiendo al presidente… mejor velo tú y me lo platicas otro día. Yo, si acaso, lo voy a poner en el radio… Espérate, te voy a dar unos tamales para que le lleves sus Muertos a tu abuela.

Se fue, entonces, a ver el informe con tía Clara. En su casa —en la que tiene con Verónica— no le gusta porque sus hijos dan mucha guerra, y a la de Angélica no quería ir; como ella tiene su tienda, ni iba a estar.

A las doce se suspendió el toque de los angelitos; los pequeños ya se iban. En su lugar se empezó a oír el repique de Todos Santos. Ese duraría todo el día, a intervalos, claro, igual que el del anterior y que el redoble de difuntos al siguiente. Tía Tere entró en su casa y se dirigió a su altar; estaba en el cuarto del fondo, donde tenía su cama y su ropero con luna. Quitó los dulces y fue a traer lo que se les pone a los adultos, sus tamales, mole, queso, cigarros. Mezcal no.

—Es que yo vi el daño que en vida le hizo el mezcal a ese hombre, aunque él siempre me lo dijo, "cuando me muera me pones mi mezcal"; pero qué tal que le siga haciendo daño, mejor no.

Lo que ya no tenía eran veladoras. Buscó a Carmela pero no la encontró, así que decidió ir ella misma a la tienda a comprarlas. En ese momento casi no había gente en la calle. Los hombres ya estaban en las cantinas y las mujeres en sus casas en el arreglo de sus altares o haciendo tortillas. Únicamente se oían, como una sola voz, los radios y televisiones del pueblo: "los sectores más necesitados de la sociedad…" intercalados con un "a ver si te apuras, tú, muchito, y le llevas sus Muertos a mi comadre…" y de nuevo la voz "las comunidades rurales e indígenas…"

—¿De qué tanto hablará ese hombre? —pensó tía Tere.

Donde sí habían oído al presidente era en casa de Aurora, con eso de que el hijo quería entrar al gobierno. Ella está feliz. Todo o casi todo lo que soñó se está cumpliendo en sus dos hijos preferidos. Porque eso sí, aunque al principio nomás se juntaron y ya después se casaron, sus ocho hijos son del mismo papá.

—Siempre fueron muy listos para el estudio mi Cecilia y mi Toño.

Ella todavía le dice así, Toño, aunque él prefiere que le digan Tony, como en inglés.

—Yo siempre le dije a mis hijos que estudiaran, que se prepararan. El más grande es soldado, ése no entiende, pero mi Toño siempre quiso estudiar. Él no quería ser albañil ni campesino como su papá.

—Es que no tiene caso, te pasas todo el día en el vivo sol, trabajando y ¿para qué? —se pregunta Toño—, ¿para una miseria?, no tiene caso. Además el campo nació para quienes lo pueden hacer producir.

Primero decidió que quería ser ingeniero agrónomo y hasta hizo su examen de admisión en Chapingo. Pero resultó ser más duro de lo que pensaba. Y es que en San Miguel, la verdad, el nivel académico no es muy bueno. Según, que les falta mucho material de apoyo y que la SEP los tiene medio olvidados, pero también hay escasez de maestros y a veces uno solo es el director y el maestro de dos o más grupos, como el maestro Agustín. La verdad, tampoco hay entrega profesional y, como dice Heraclio, "con tanta conciencia social se les va el tiempo en marchas, paros y alborotos de su sindicatito".

El caso es que, a pesar se ser Toño un buen estudiante, no pasó el examen de Chapingo. Entonces decidió irse a vivir a Chilpancingo con sus dos hermanas. Con una que es sirvienta y con Ceci que estaba estudiando para secretaria ejecutiva. Ya en Chilpancingo comenzó a buscar a ver qué le gustaría estudiar, en vía de mientras se metió a la prepa. Escogió una carrera que ni por asomo lo mandara de vuelta al pueblo. Se dio cuenta de que contador público era algo que le gustaba y se le facilitaba. Para mejorar el currículo se metió a estudiar inglés. En estos días anda por San Miguel de visita. Como es el puente de Muertos aprovecha para ver a sus papás, saludar a viejos amigos y, por supuesto, presumirles:

—Estoy estudiando dos carreras, contaduría e inglés.

Tony está cada vez más lejos de sus padres, de su gente y de su tierra. Su modo vestir es ya de la ciudad, igual que su corte de pelo, sus modales, hasta la forma de caminar con las manos dentro de las bolsas del pantalón y con el suéter echado sobre la espalda:

—Yo ya no regresaría aquí, ¿a qué?, ninguna de mis dos carreras se pueden desempeñar en el pueblo.

La gente critica a los que, como él, se han ido y luego vuelven y se sienten desubicados. Dicen que nomás se van unos meses y ya no saben ni cómo se llama la gente ni cómo se comen los tamales.

No tener a sus hijos viviendo con ella entristece a Aurora; los quisiera cerca. Claro que su esposo y ella han estado pensando que podrían cerrar su casa e irse a vivir a Chilpancingo con sus hijos, aunque temen que ellos tal vez no se sientan muy a gusto. Lo que importaba era el bienestar de su familia, para eso se habían sacrificado tanto. Su marido casi nunca tomaba, cosa rara. Aurora no había llegado ni a tercero de primaria —cuando era chamaca sólo hasta ese año había—, pero se propuso que sus muchachos salieran adelante. No había tenido éxito con todos, hasta ahorita sólo con Toño y con Cecilia.

Cuando pensaba en Ceci se llenaba de orgullo. Ella no había podido venir a la fiesta porque acababa de aliviarse de su primer bebé; se había casado en abril. Ceci fue siempre una niña muy lista. Una vez pasaron por el pueblo unas gentes de México que, sorprendidas por su vivacidad, se la llevaron de sirvienta a su casa. Un mes nomás duró allí.

—No quiero ser sirvienta yo, mamá; quiero trabajar en una oficina.

En cuanto terminó la secundaria se fue a Chilpancingo para poder estudiar. También se dio cuenta de que debería aprender inglés. Al poco tiempo Ceci se recibió y trabajaba como secretaria ejecutiva bilingüe. Después consiguió un novio, con él se casó. La boda estuvo buenísima, fue en Chilpancingo porque de ahí es el muchacho. Cecilia se veía preciosa, radiante, con su vestido blanco. A la hora del baile, cuando en lugar de las tradicionales cumbias y merengues tocaron música Pop y Rock, Toño le dijo a Aurora algo que la puso triste:

—Esto es música, mamá, esto es lo que se baila ahora, no lo que tocan en el pueblo; yo a esos ritmos ya no les entiendo.

Aurora había quitado de la mesa la foto de la boda de Ceci y otras de sus hijos para poner su altar. Tenía ganas de que este año estuviera especialmente bonito, tal vez fuera la última vez que lo pusiera ahí en San Miguel. Cecilia no había querido tener a su bebé en el pueblo, decía que no era lo mismo y que prefería que la atendiera un doctor en una clínica, como se debe, y no con la partera en el Centro de Salud. Aurora había respetado esta decisión. Lo que sus hijos —sobre todos los preferidos— quisieran, eso estaba bien. Por lo pronto estaba muy contenta de ver a su Toño. Además cuando él les decía de sus planes de buscar trabajo en alguna dependencia pública y tal vez hacer, poco a poco, carrera política, le sonaba maravilloso. Entonces, junto con los chiquitos, se iría a vivir a Chilpancingo, cerca de sus hijos. Podría iniciar una nueva vida; de cuando en cuando volverían a San Miguel, tal vez en fechas como éstas, a visitar a sus difuntos y a saludar a viejas amistades. La idea de poder estar junto a sus hijos la ilusiona. Por eso es que Aurora está feliz.

En la tarde se oyó la voz de Diana por el altoparlante anunciando el rosario y la liturgia. "Estamos invitandooo a todas las personas católicaaas que asistan al Santo Rosariooo que se celebrará a las ocho de la nocheee". Para tía Tere eso era lo bueno de vivir frente a Diana, que no había modo de perderse ni uno de los mensajes.

Transcurrió, pues, su día entre recibir y mandar Muertos y enterarse de las últimas novedades a través de los mandaderos. No cabía duda que era día de fiesta, pues tía Tere casi nunca recibía visitas. Ni tía Tere ni nadie, esa no era una costumbre en San Miguel. Si lo hacía alguien, luego luego ya estaba hablando mal de la gente. Como no había nada que hacer… A las siete y media decidió que ya se iba para la iglesia. Mela le dijo que era muy temprano que no iba a haber nadie, pero ella se puso su rebozo, agarró su vara y salió, paso a pasito. Licha, la vio alejarse.

Alicia decía que se moría de aburrimiento, así que se asomó un rato al porche a ver a quién veía. Al cabo que su casa, una de las primeras de tabique del pueblo, estaba muy bien ubicada, sobre la calle principal y con vista al parque. Al salir alcanzó a ver a tía Tere:

—¡Pobre! Lo que ha sufrido con lo de Carmelita. Pero la mamá tuvo la culpa... como si aquélla hubiera sido la primera en salir embarazada así nomás solita...

Licha estaba haciendo tiempo mientras era la hora de reunirse con sus amigas en la calle, en el parque o en el panteón. Recordaba cómo se divertían, sin mayores apuraciones, en la época en que estaban terminando la primaria, hace apenas unos cinco años. Uno de sus juegos era pretender que eran artistas o, más bien, concursantes de un programa de televisión para elegir futuros artistas. Así lo habían visto y así se les ocurrió. Se juntaban todas: Luisa, Cristina, Rosenda, Carmelita, Rocío y la propia Alicia. Siempre había más niñas, pero las de rigor eran ellas.

A veces se reunían en el parque, aunque Tina no podía ir, se le metían los espíritus. Una vez, recién inaugurado, fueron a jugar y Tina se puso bien mala, vomitó y dicen que le dieron como ataques. Entonces su mamá le dijo que ya no fuera, que a lo mejor se le habían metido los espíritus de unos negros horribles que habían enterrado allí hacía como cien años. Y Tina dilató mucho tiempo sin poner un pie en el parque, nomás viendo a sus amigas y oyendo las rondas: "Hilitos hilitos de oro que se me vienen quedando...". Ahora, ya más grande, a Tina se le quitó el miedo y hasta lleva a su niño.

Recordaba también que en ocasiones la cita era en el río, aunque no siempre iba Luisa, pues a tía Lupe, su mamá, le daba miedo, ¡qué tal que le saliera como las otras hermanas, con hijos de diferentes hombres! De todos modos, Luisa veía el modo de escaparse. Unos días de plano terminaban jugando en casa de Rosenda, donde su papá, con una paciencia de santo, se ofrecía a ser el jurado de sus juegos y concursos. Él era un hombre dado al estudio y animaba a su familia a superarse. Rosen se había ido a Chilpancingo, iba a ser secretaria, pero quería regresar a vivir al pueblo aunque trabajara en Copala. El novio tenía que buscarlo fuera, en San Miguel no tenía caso; los pocos candidatos viables que había eran sus familiares. Como el pueblo es tan chico, todos acaban siendo primos.

Licha, en cambio, no había querido estudiar más allá de la secundaria. Ahora se estaba arrepintiendo, pues sus días transcurrían aburridos uno tras otro, sin más diversión que mirar a la calle y ver pasar a la gente. Pero con el tamaño del pueblo, siempre se ve pasar a los mismos. Además, a excepción de días como estos de fiesta, no tenían a sus amigas cerca.

Carmelita ya se había ido, pero aún antes se encerraba todo el día por la vergüenza de su embarazo, y capaz que su mamá de todos modos los hubiera escondido a ella y al bebé. Luisa consiguió un empleo en Copala, en una oficina de gobierno. Se iba todos los días a las siete de la mañana y volvía en el autobús de las nueve de la noche, de lunes a sábado. Los domingos apenas y podían verse un rato ya tarde, pues prácticamente todo el día se le iba en lavar y planchar su ropa de la semana. Luego estaba Rosen que, al estudiar en Chilpancingo, sólo venía de vez en cuando en las fiestas o en las vacaciones. Y Cristina, hija de su hermana aunque es casi de la edad, se acaba de ir a vivir con su novio y ya tiene que ocuparse de su casa.

Hacía dos años Cristina había tenido un enamorado que la engatusó y la dejó con un hijo. María —la hermana de Licha y mamá de Tina— puso el grito en el cielo, sin embargo finalmente la perdonó y la dejó seguir viviendo en su casa y le ayudaba con el niño. Pero hace poco comenzó a andar con este otro muchacho y María se alarmó. Habló con su hija y le dijo que una vez se la había pasado, pero que si volvía a hacer de las suyas le iría mal.

Cristina se fue a vivir con el novio y entonces María le quitó al niño y le escondió su ropa para que no pudiera llevarse nada. Licha logró rescatarle algunas cositas mientras se calmaba el asunto. No tardaron los "huidos" en ir a hablar con la mamá. Le explicaron que se casarían por la iglesia en cuanto hubiera matrimonios colectivos, con suerte el próximo diciembre. Además le dijeron que en cuanto estuvieran casados, él bautizaría como propio al hijo de Tina. Todo esto tranquilizó a María, que permitió entonces a Cristina llevarse su ropa y otras pertenencias. También le devolvió al niño.

El caso es que Licha ve poco a Cristina, pues ya tiene hombre que atender y casa que cuidar, y estaría mal visto que anduviera nomás en la calle platicando como si no tuviera oficio. Y como Licha no lo tenía, fuera de unos cuantos deberes ayudando en casa a su mamá, se aburría de muerte.

Lo bueno que ahora en estas fiestas sí se iban a juntar como antes. Rosen vendría de Chilpancingo y Tina podría ir al baile porque su señor era muy buena gente y le dijo que la llevaría. Con Rocío no contaban para nada, Pancho era muy pesado y no la dejaba salir nunca. Se reuniría con Rosen en su casa, estrenarían vestido y se pintarían las pestañas. A ver quién iba al baile, ojalá y fuera Carlos, aquel que se había ido hacía un año a estudiar a México. Además, era un lugar perfecto para platicar, para criticar, para bailar un rato, para entretenerse y también, dado que llegaban muchachos de otros pueblos, para encontrar novio. Y es que la verdad ya a sus años, sin marido y sin tener ningún trabajo, Licha ya comenzaba a fastidiarse. Sí por eso decía que se moría de aburrimiento.

Tía Tere llegó a la esquina, con trabajos porque como el piso era de tierra estaba lleno de hoyos. Dobló a la izquierda y tomó la calle principal rumbo a la iglesia. Pasó frente a la casa de Eliseo. Ahí estaba él, como acostumbraba, tendido en su hamaca mientras su mujer veía una comedia:

—Serán muy catrines nomás porque tienen su televisión a color, ¿y a quién le van a dejar todo esto, pues, si ni hijos tienen? De puro robar a la gente viven...

La tienda de Lupe, como siempre, estaba abierta, aunque ella ya no atendía. Desde que su hijo Poncho había llegado de México era él quien despachaba. Lo bueno que puso ahí su televisión y no se aburría. A veces hasta se le juntaba el montón de muchitos a verla.

Al pasar frente al parque, Tere vio a un grupo de niños que corría; más allá había unos muchachos platicando y junto, en la cancha de voli, estaban los equipos en pleno partido. Entonces sí sintió que quería llorar... ahí debería estar su Carmelita..., con esas muchachas se juntaba en las tardes.

—¡Cómo nunca la vine a ver jugar!

Pero es que Tere sólo salía de su casa para ir a la iglesia o si acaso, muy de vez en cuando, a un mandado. Porque mucho le dolían sus piernas.

Junto al parque construyeron el municipio, esa mole que se puede ver desde la carretera como emergiendo de la tierra. La ventana del presidente municipal permanecía encendida. No cabía duda que este muchacho había salido muy trabajador. Decían que estaba haciendo mucho por el pueblo. Como siempre, afuera, sentados en la banquita estaban los topiles, esperando a ver si había algún mandado que se ofreciera o algún borracho que meter a la cárcel.

Del otro lado, atravesando, está el mercado. Todos los puestos permanecían abiertos como hasta las ocho o tal vez más. Uno de ellos, el de en medio, era el de Angélica, una de las mujeres de su ahijado Heraclio.

El de la esquina era de Consuelo Romero. Tía Tere le tenía algo de muina porque Capullito, su hija que era de la edad de Carmelita, se había casado desde hace un año y apenas salió embarazada.

Desde su tienda de abarrotes se domina toda la parte central del pueblo. Ahí, afuerita, se sienta Consuelo Romero. Su tienda está en lo que el pueblo conoce como el mercado, justo enfrente del municipio, así que ella sabe quién va, quién entra y quién sale. Es también el paso obligado para subir a la iglesia. Como además a ella no le gusta estar adentro sino afuera, en una silla en forma de concha, controla toda la calle principal. Así alcanza a ver también a los que suben al Centro de Salud, a los que están en el parque e incluso a los que compran con Lupe, justo antes de que la calle tuerza un poco. Por si no fuera suficiente, a un costado de la cancha de básquet está la tienda de su hermana Ofelia, la mujer del maestro Agustín, en donde se ubica el único teléfono del pueblo. Chelo se entera de quién va a hablar y después Ofelia le cuenta de qué habló.

Hace muchos años Chelo quedó viuda. En un accidente de avión, de esos bimotores que volaban a Chilpancingo, se le murieron su marido y su hijo. Por eso es que ella ni de chiste se sube a uno, y prefiere ir en autobús a los grandes depósitos a surtirse. Al principio la vida fue dura con ella. A lo mejor por eso, en apariencia, es hosca; en el fondo es muy buena gente, pero hace como que no para que nadie se aproveche. Además de todas las cosas de las que se entera sólo con ver, el mercado es un lugar en donde, naturalmente, uno oye o le cuentan cosas. Podría decirse, entonces, que Chelo es una de las mujeres más enteradas de San Miguel; alguien a quien habría que tomar en cuenta, según su propia opinión.

Chelo es una Romero, y los Romero son de las familias más antiguas y más destacadas del lugar. Incluso ahí, donde ahora está el parque, se ubicaba la casa de sus abuelos, que era muy grande, con zaguán. Claro que ésa era la que construyeron en el pueblo, porque además tenían unas fincas enormes con muchas gentes a su servicio. La importancia de los Romero se ve hasta en el panteón. Tienen un gran mausoleo, muy costoso, justo a la mitad del cementerio, tal como su antigua casa se ubicara, años atrás, en el centro del pueblo.

Algunos critican a Consuelo. Dicen que es orgullosa y "distinguida" porque no le gusta alternar con cualquiera, porque no es "corrientita". Tal vez así sea. Se sintió muy contenta cuando su hija Capullito le dijo que se iba a casar:

—Me salió muy buena, no como otras que se embarazan por ahí; mi Capullito se casó por las dos leyes, con su fiesta y todo.

Moderna, dentro de lo tradicional, Chelo no la regañó por ser la niña quien le comunicara que se iba a casar. Claro que eso no libró al muchacho y a sus padres de ir a su casa con el Presente para pedirla y seguir todo lo acostumbrado en las negociaciones y acuerdos. La boda de Capullito fue enteramente pagada por el novio, y una parte del pueblo asistió y se divirtió en grande los días que duró la celebración. Ahora vive en una casa, chica pero muy bonita, en los altos de la tienda de su tía Ofelia. Consuelo puede, entonces, vigilar de cerca los movimientos de su hija y de su yerno.

En las tardes a Chelo le gusta estar adentro de su tienda, porque detrás del mostrador tiene una televisión en blanco y negro con la que puede ver sus telenovelas, tranquilamente, mientras vigila la mercancía, atisba quién pasa, o llega alguien a comprar alguna cosa o a comentar cualquier novedad.

Capullito suple ocasionalmente a su madre, mucho más ahora que está embarazada y le mandaron reposo. Ella será la heredera del negocio y debe conocerlo bien; debe observar el movimiento de la tienda, los proveedores y la frecuencia de los pedidos. Ya ha aprendido el lugar en donde colocar la silla de concha y también a alternar la vigilancia del negocio y del pueblo con la lectura de novelitas que encarga a Copala. Así se va enterando, poco a poco, de la forma en que se reciben y se pasan los chismes, noticias o rumores y cómo esperar la llegada de una sucesora a quien trasmitirle sus secretos, sentada a la entrada de su tienda de abarrotes, desde donde domina todo el pueblo.

Tía Tere atravesó la cancha de básquet. ¡Cuántos bailes no había habido ahí y cuantísimo no había bailado!

—Y antes, los bailes eran mejores que los de ahora, que puro lo mismo, lo mismo; ¡no! Antes bailaban de todo —chilenas, sandungas y otras— y toda la noche, si no ¿para qué iba uno al baile?

Rememorando sus buenos años, la subida a la iglesia no se hizo tan pesada y eso que sus pies le dolían, y más cuando tenía que hacer estos esfuerzos. Llegó hasta la puerta. ¡Qué cambiado estaba el templo! Recién pintado y con campana nueva. Por dentro, habían adornado las paredes y techos con un Cristo y unos santos enormes que hasta parecía que se le iban a caer a uno encima. Entró. No había nadie, sólo el sacristán que permaneció afuera. Tía Tere supuso que la gente estaba en sus casas terminando de componer sus altares antes de ir al rezo; bueno, las mujeres, porque los hombres, muy poquitos iban. Sentada en una de las primeras bancas, podía ver mejor a San Miguel y a las otras imágenes que estaban en el altar.

Por supuesto, la del santo patrono es la más importante de todas y la más milagrosa. En el pueblo, cada vez que quieren que llueva, sacan al santo a pasear, pues como no le gusta salir, no bien lo están bajando cuando el cielo comienza a tronar. A veces vienen de San Pedro por él y, para su sorpresa, cuando llegan al pueblo con la efigie, ya hasta llovió. No en balde San Miguel los condujo hace muchos años hasta este lugar que él mismo escogió.

—Sí, figúrese que dicen que el santo los trajo hasta aquí. Pues aunque las gentes se querían quedar en otros lados, que dizque más bonitos, la estatua siempre se volteaba, mirando para acá. Cuando llegaron, más o menos por el río, entonces ya no se movió, ya estaba contento.

Nadie sabe exactamente de dónde es la talla. Se dice que sus maderas provienen de África y que tienen cierto embrujo que no permiten que manos ajenas la toquen. Las dos personas, dos restauradores, que cada uno en su momento comenzó a limpiarlo, fueron encontrados muertos, con la figura cerca de ellos. Nadie sabe qué pasó.

Tía Tere estaba un poco enojada con el santo. Le había pedido mucho por sus nietos; sobre todo por Carmelita, desde que supo que se veía con ese muchacho que decían que era casado. Pero tal vez no le rezó temprano y por eso San Miguel no apuntó sus peticiones en la agenda de cada día. Su nieta salió embarazada y había sentido mucha vergüenza. Tere se preguntaba si ella y Mela no habían tenido un poco –o un mucho– la culpa de que Melita se hubiera ido con todo y su bebé. Prefería no pensar en eso; ya estaba vieja y la carga era terrible.

En eso estaba cuando oyó la voz de tía Laca, que cantaba, muy agudito, "Corazón santo, tú reinarás; tú nuestro encanto siempre serás". Contestó igual, mecánica, a esa estrofa que era el preludio del rosario. Vio a Carmela que se paró junto a ella. Al igual que las treinta o treinta y cinco mujeres y los tres hombres que ya se habían congregado, respondió, sin pensar, la letanía que aprendiera desde que estaba tiernita.

Al terminar el rosario, pasó al frente Adriana López a decir que en ese momento iba a haber liturgia. Era una especie de misa, con las lecturas y rezos habituales, pero sin ofertorio ni comunión. Eran los propios fieles, los catequistas como Adriana, quienes la oficiaban. La gente se organizó así porque había escasez de curas o luego cobraban por ir.

Comenzó, pues, la celebración. Adriana llevaba el mando de la liturgia y aunque las dos primeras lecturas corrieron a cargo de sendas mujeres, el Evangelio y la homilía fueron responsabilidad de ella. Su interpretación recordaba a aquellas arengas que tradicionalmente se achacan a los curas de pueblo cuando frase por frase acomodan las Escrituras a su conveniencia: asistencia a los oficios y a los grupos de reflexión bíblica, mayores donativos, participación activa de los feligreses.

Tía Tere la escuchó decir que con sólo pensar en cosas ya estaba uno en pecado mortal, y que por eso había que ir a la iglesia, para no estar, precisamente, pensando en cosas. Adriana había resultado ser una mujer muy fervorosa y activa en las cuestiones eclesiásticas. A lo mejor porque su finado papá —decían— era brujo, y entonces ella necesitaba apartarse de las enseñanzas que hubiera recibido de niña.

Ya eran más de las nueve cuando terminaron. Las señoras se fueron presurosas, pues sus maridos ya estaban por llegar a casa, y como decía tía Tere, "se les podía armar la Troya". Tere y Carmela salieron sin tanta prisa, ninguna tenía marido que atender y quién sabe si los muchachos, los hijos de Mela, irían a llegar a buena hora. Las mujeres conversaban en la bajada de la iglesia, pero sin detener el paso. Los pocos hombres que habían ido, se dirigían a sus casas comentando lo de todos los días.

De regreso, Mela y tía Tere se dispusieron a cenar mole y chocolate con pan de yema. Este día no se fueron a dormir temprano, pues era cuando llegaban los difuntos y había que esperarlos velando, siquiera hasta la una de la mañana, para que no se ofendieran. En la casa de enfrente platicaban Lalo y Diana.

—Yo creo que cuando uno se muere, se muere todo, el cuerpo y el alma, porque si las almas fueran a dar a algún lado ya no cabrían.

—¿Entonces cuando te mueras no voy a esperar este día tu alma?

—Pues sí espérala, por si las dudas, pero no aquí sentada, mejor espérame preparadita en la cama.

Todos en San Miguel se metieron en sus casas.

Muertos

Jeremías sueña con payasos que le dicen: "mata, mata". Tiene doce años. Es nieto de Lupe e hijo de Gloria. Vive con su madre y sus hermanos en una pequeña casa de varas que tiene el fogón dentro. Cuando alguien lo molesta o le hace burla es cuando sueña cosas de morirse o de matar y hoy lo soñó. Tal vez porque son días de Muertos.

De pequeño sintió el abandono del padre. Bernardo tenía a su esposa a quien dejó por Gloria. De ahí nacieron dos niños, Elías y Jeremías; a ella le gustan los nombres bíblicos. Después de un tiempo, Bernardo regresó con su antigua mujer y abandonó a esta nueva familia. Claro que siempre está pendiente de lo que los niños puedan necesitar, pero no es lo mismo. Quién sabe si ésta sería la razón por la que Jere haya sido tan camorrero desde muy chico, pero ya desde entonces tuvo que afrontar las consecuencias.

El asunto fue que un día estaba peleando con el hijo de su tía Rosaura, tenían dos o tres años, y no obedecían a sus mamás que les ordenaban que ya se aplacaran. Ellos siguieron con lo mismo. Quién sabe cómo estuvo, el caso es que, de repente, el hijo de Rosaura ya estaba llorando a gritos. Entonces Gloria, que ha de haber estado en uno de esos días malos, desesperada de los alaridos y furiosa con el niño, le agarró la manita con la que había pegado y se la puso en el comal caliente:

—A ver si así aprendes a no ser tan peleonero —le dijo.

—No sé cómo le hice para aguantarme y no chillar. Yo le he querido preguntar que por qué le hizo eso a un hijo y luego tan chiquito que ni se podía defender….

Cada vez que se acuerda no puede evitar la salida de las lágrimas y eso le molesta todavía más. Su mirada se clava en el piso y su gesto se descompone. Sin embargo, Jere trata de ser tranquilo, incluso bromista y le gusta hacerse el gracioso con sus hermanos y sus primas. Le gusta que se rían con él de sus bromas y de sus chistes.

—Pero cuando alguien me dice "adiós, mano quemada" entonces sí me enmuino y me le tiro a golpes pensando que lo quiero matar o que de perdida le voy a partir su madre.

En estos días, mientras trenzaba el arco para el altar de su casa, pensaba en todos a los que ha deseado ver muertos, en las muchas veces que ha tenido que curar sus golpes a escondidas con el íntimo temor de que su mamá vuelva a usar sus métodos correctivos. A lo mejor para evitarlo, y como contraparte, Jere es muy estudioso. Va muy bien en la secundaria y le gusta mucho ir a la biblioteca del pueblo.

—Luego ve uno cosas, así en la tele y no entiende bien. Entonces voy a la biblioteca, investigo y ya entiendo. No investigo de todos los programas porque hay unos, como los *Múpets*, que son sólo de chiste; yo puedo imitar al Animal ese.

Sus imitaciones hacen reír a todos y se pone contento. No sabe qué va a ser de grande. A ratos dice que quisiera estudiar para marinero y a ratos dice que quiere ser campesino, como los de su pueblo, y así quedarse con su madre:

—Lo malo que como campesino casi no se gana; a lo mejor sí me voy.

Puede que lo detenga no saber qué clase de mundo hay afuera. Tal vez teme las probables hostilidades, siquiera en su pueblo ya sabe cómo hacerle. Él quiere olvidar su resentimiento, pero cada vez que ve su mano derecha, marcada con esa cicatriz enorme, su carita se pone seria otra vez y vuelve a sentir feo. Ya no quiere soñar con los payasos:

—Luego me despierto asustado porque yo no quiero matar a nadie en serio, pero también quiero que sepan que de mí nadie se burla.

La cosa es que no se le acaba de quitar el rencor y que sueña con payasos que salen de un espejo enseñándole cuchillos, mientras le dicen "mata, mata".

Tía Tere estaba, muy de mañana, barriendo el porche de su casa cuando se acercó Carmelita.

—¿Qué paso, niña, llegaste desde anoche?

—Sí, abuelita, pero ya estaba usté dormida y no quise molestarla.

—¿Y el nene?

—Lo mandé ayer, ¿no lo vio?

—Pues ni me acuerdo… es que ya me falla a mí la memoria; luego veo a la gente y sé que la conozco, pero no sé de dónde.

Eso la desesperaba. Comprendía que era normal que ya de vieja perdiera el hilo de algunas cosas, pero ella quería seguir estando buena, como cuando era muchacha. O hacer travesuras, como cuando era chica.

A Tere nunca le gustó el estudio, puro jugar quería o estar en su metatito. Cuando era niña había muy poca escuela, si acaso hasta tercero o cuarto de primaria. Los que daban las clases eran Epifanio Carmona y su auxiliar, la señorita Fidelia Manzanares. Ella tocaba el violín ¡sabroso! No era escuela como la de ahora, con salones y bancas, sino que los chamacos iban a casa del maestro. Más niños que niñas, porque antes no se acostumbraba tanto que estuvieran juntos. Tía Tere aprendió a leer y a escribir y algunas nociones generales de geografía e historia:

—Con lo que nunca pude fue con las cuentas… ni porque teníamos tienda.

Además, en ese entonces, había que estudiar de día, pues de noche sólo se alumbraban con candela. El pueblo era oscuro. Oscuro y muy distinto. Las casas las hacían sencillas, de vara, de madera, con techos de palma, pero la gente era más animada, más alegre. Las señoritas Manzanares organizaban unas representaciones y los que sabían leer le entraban y se aprendían su parte, los demás nomás veían. También tocaban instrumentos, más bonitos que los de ahora. ¿Y qué no tío Checo era de los que mucho participaba? Tía Tere no se acordaba muy bien, pero casi seguro que sí, al menos eso era lo que le habían contado; como ella sólo iba a veces a San Miguel en esa época en que vivió en San Pedro…

Ese tío Checo había sido un muchacho guapo. Mucho le gustaba a Tere cuando lo veía pasar. Después se enteró que se había casado y que al poco tiempo había dejado a su mujer para llevarse a la hermanita de su esposa. La señora se repuso, se juntó con otro y tuvo sus hijos. Checo sólo había logrado uno. ¿Sería un castigo?

Sergio es campesino de corazón. Pero su hijo, su único hijo, prefirió irse a la capital a trabajar en una panadería. Ganaba poco y sufría mucho. Por eso tío Checo le dijo que regresara, que en el campo había limitaciones pero que siempre había algo, por humilde que fuera, que llevarse a la boca.

—Yo lo mandé llamar y sí regresó, pero creo que hice mal, porque aquí aprendió a tomar.

También dice que las cosas ya no son como eran:

—Antes más gente trabajaba el campo y aunque se estudiaba más menos, se conocía más bastante.

Él ya fue, en años vigorosos, alcalde y regidor ahí en San Miguel. Tiene casi setenta años y todos sus dientes.

—Y eso que antes no había cepillos; ahora ya es todo moderno.

Fue uno entre los quince hombres y tres mujeres que tuvo su mamá, que falleció de 58 años, pero no de agotamiento como podría cualquiera creer.

—Se murió maciza —comenta orgulloso; por eso él no entiende estas ideas de ahora de tener sólo tres o cuatro chamacos para cuidar la vida de la mujer:

—¡No qué va! Cuando Dios quiere dar a uno, le da, y cuando no, no.

Tío Checo se casó hace casi cincuenta años. Su primer matrimonio fue más por voluntad de sus padres que de él. Entonces, qué esperanzas de que se hablara de un noviazgo o que se pararan a platicar con las muchachas en la calle, hubiera significado una cueriza o una tunda con bejuco para la chica cuando el padre lo supiera. Ese matrimonio le duró poco. En una ocasión que su mujer se fue a cuidar a un familiar enfermo y lo dejo sólo, él pronto encontró consuelo en su cuñada y entonces cambió de señora. Dicen haber sido felices estos años.

—Ahora es distinto, las muchachas tienen tres o cuatro novios, hay más ambiente; antes no. Sólo le avisaban a la muchacha "te vas a casar, hija, éste va a ser tu marido", ¿y qué hacía ella?

Se acuerda de su época de niño, cuando jugaba rayuela con sus amigos, aunque nomás media hora a veces, pues todos tenían deberes que cumplir. Cuenta que la vida era más barata. Lo mandaban a traer medio real de carne, o una gallina por un real; es decir, doce centavos.

—Había mucha iguana, ahora ya se acabó; había iguana, conejo, chachalaca, venado….

Sale poco. En otros tiempos se escapaba a la ciudad para divertirse.

—La ciudad es bonita, nomás que con dinero, así para donde quiera se divierte uno, pero para vivir, no hay como el campo. En la ciudad hay que trabajar para comer, yo aquí ni uso reloj.

Con él está su nieto, siempre con él, aprendiendo lo del campo, oyéndole contar sus historias. Quiere que sea campesino, pero el chamaco se empeña en ser mecánico. Le dice que hay muchos mecánicos y quién sabe cómo le vaya a ir, que en cambio el campo es noble y produce:

—Yo tengo mucha suerte para el maíz.

Tío Checo es un hombre fuerte, sólo la vista a veces se le opaca; como ya está viejo:

—A esta edad hay que cuidarse, una vida nomás tenemos; aunque yo me conozco, todavía soy resistente para trabajar.

Pero en la tarde llega cansado, tan cansado que ni siquiera le dan ganas de ver televisión. Lo único que quiere es que su esposa le sirva su cena y se acuesten a dormir. Ya ni le da por tomar, como cuando era joven y lo tenían que recoger de la calle de tan borracho que estaba.

—¿Qué por mi vicio voy a acabar con lo que tengo?, ¡no!

Ahora por eso se puso a trabajar más duro en lo que a él le gusta, su tierra. Checo es campesino de corazón.

Mela se acercó a tía Tere y la despertó:

—Mamá, ya se quedo usted otra vez dormida.

Tere abrió los ojos. Ni cuenta se había dado de a qué hora se acostó en la hamaca.

—¿Y Carmelita? ¿Ya se fue?

—¡Ah cómo será necia usted, María santísima! Ya le dije que Melita no viene para acá. La habrá usted soñado.

En ese momento las campanas comenzaron a redoblar. Era el toque de difuntos. A las doce del día el calor era de infierno, no había casi nadie en la calle, ni siquiera se veía a los perros que usualmente transitan con su rabito entre las patas. Los únicos que de repente salían o entraban eran los niños, con el mandado de los Muertos. Lo bueno era que en cada casa les regalaban su vaso de agua fresca. En esos días la gente se portaba generosa con sus paisanos, porque en otras épocas, qué esperanzas.

Una de las camionetas que salía a Copala se puso a tocar el claxon avisando que estaba próxima a partir. A esa hora iban las panaderas a vender su trabajo recién hecho, también las que querían algo especial para sus casas o —en esas fechas— para sus altares y sus tumbas, o se escapaban algunas muchachas a comprarse un vestido o algún adorno que usarían en el baile del día siguiente.

Tere no iba a Copala desde hacía mucho tiempo. Sus necesidades eran cada vez menores y, aunque ella no quisiera admitirlo, cada día era más dura con el dinero. Tal vez sentía que estaba ya muy vieja y que tenía que hacer rendir lo que le quedaba, como con sus nietos no se podía contar...

Se puso a echar tortillas, ya casi iban a comer y les harían falta, pues su Mela nunca aprendió. Carmela era un pendiente constante. Se necesitaban tanto la una a la otra que le preocupaba qué pasaría cuando alguna faltara, y aunque Mela le decía que se irían juntas, ella estaba segura que se haría la voluntad de Dios. Absorta como estaba en sus pensamientos no se dio cuenta de que junto con la tortilla puso también su mano en el comal. "Toditito el cuero se me arrancó", les dijo después a unas comadres. Pero ni por eso iba al Centro de Salud a curarse.

Allí, Nelly recibía todo tipo de pacientes, desde parturientas y niños con tifoidea, hasta heridos por machete a la hora de estar cortando la hierba. Graves, de cuchillo o pistola, por pleitos, casi no se veían por ahí. Este pueblo es pacífico, le habían dicho al llegar. Y, sí, Nelly comprobó, durante el año que duró su servicio social, que el pueblo además de pacífico era un tanto apático... ¡Quién sabe! No era ella la primera doctora del pueblo y, sin embargo, la gente seguía adherida a sus costumbres, a sus métodos, a sus tradiciones. No les gustaba ser revisados a la manera moderna y preferían los sistemas de don Marcos, el médico empírico, que recetaba a la antigüita, aunque también prescribiera pastillas de la farmacia que él mismo vendía.

Ese era uno de los puntos en contra para los doctores del Centro, revisaban, extendían la receta, pero les era imposible dar los medicamentos pues no los tenían, entonces la gente sentía que el servicio no era bueno. Además, don Marcos era del pueblo mientras que los otros sólo permanecían un año; apenas se estaban ganando la confianza de la gente cuando ya se iban. Don Marcos era un hombre ya mayor, en tanto que ellos, en servicio social, no pasaban de los veintidós o veintitrés años y la gente se sentía recelosa de estos "muchachitos que creen que se la saben".

Por eso cuando se embarazó Carmelita no la quisieron llevar al Centro, ni siquiera cuando se dieron cuenta de que se puso más mala. Fue sólo hasta que la vieron muy dura que decidieron llevársela a Ometepec. Con Rocío pasó lo mismo, primero dijeron que sí iba a ir al Centro y a la mera hora llamaron a don Marcos; el bebé se murió y Chío vive de milagro. Pero ni por eso se animaba tía Tere a ir con la doctora.

Cómo fue que se curó tía Tere la quemada, ¡sólo Dios!, emplastos, yerbas, en proporciones y combinaciones que nomás ella y otras mujeres viejas saben y que, al morir, se perderán sin remedio entre frascos esterilizados y cajas de penicilina. Aunque esto no parece preocuparles. Se quejan, sí, de que algunas tradiciones se estén dejando, pero no pasa de ser un lamento. ¿Que a las jóvenes ya no les interesa hacer ollas y cazuelas de barro? ¡Allá ellas! ¿Que los antiguos ritos y normas cada vez se siguen menos? ¡Son los tiempos! De todos modos hay otros, como los días de Muertos, que no han cambiado o que, si acaso, se han transformado para mayor comodidad.

Entre las dos o las tres de la tarde, el calor estaba en su punto. Los que podían, chicos o grandes, iban a refugiarse a la frescura del río. A perderse entre sus aguas heladas, entre sus árboles y montes, entre pájaros e insectos. A robarle a la vida instantes de felicidad, suspendidos en una liana que colgaba de un árbol, desde la que los chiquillos se arrojaban, de uno en uno o hasta de tres en tres, entre risas y alaridos de contento.

Tía Tere no iba al río; los viejos no iban al río. Era un acuerdo o algo así, o tal vez como la veredita para bajar era empinada, se fueran a caer,

—Y luego ya ve usted que los huesos de viejo no pegan.

Se conformaba entonces con refugiarse en su casa, que era oscura y bastante fresca, y con rescatar de su memoria las sensaciones del agua tocando su cuerpo.

Por las campanadas del reloj de la iglesia supo que eran las cinco de la tarde. El calor había disminuido y el pueblo tenía vida de nuevo. Tere se paró de su hamaca y entró a la cocina a buscar una escobilla. Ya era hora de ir al panteón a limpiar las tumbas de sus gentes, a darles una barridita y a quitar la mala hierba que salía alrededor:

—Sólo un poco, pues mañana es cuando se componen bien chulitas.

Llevó también una jícara para echar el agua, una jerga y una navaja para cortar el pasto. Se puso su rebozo, se cubrió la cabeza, tomó su vara y salió.

—Mela, voy al panteón.

Pero Carmela seguro que no la oyó, pues estaba atrás de la casa tirando la basura en la barranca.

Tomó camino rumbo al camposanto. Calculó que así despacito, como era lejos, llegaría en diez minutos. Decidió que de regreso pasaría a ver a tía Clara, la abuela de Heraclio, aunque fuera un momento, pues hacía mucho que no se saludaban. Clara tampoco salía porque estaba más vieja y más enferma que Tere. Su cuerpo estaba doblado hacia el frente y los dedos de la mano izquierda no los podía enderezar. Aún así, tenía quehacer que cumplir, como darle de comer a sus pollos y lavar su ropa.

Tere llegó con su comadre después de estar un rato en el panteón. Sentada en la cama, Clara estaba fumándose un cigarro y platicando con

León, un nieto o bisnieto que tenía. ¿Qué no fue este muchacho el que con el camión mató al nieto de Lala, el hijo de Luis? Tía Tere estaba casi segura. Se acordaba de que los muchachos llegaron a contarle, parece que fue un accidente, y tal vez sí, pues ni a la cárcel fue. Al llegar tía Tere, León se puso de pie:

—Bueno, ya me voy, ahí vengo luego.

—Sí ándale, ¿me dejaste los cigarros?

—¿Cómo ha estado, comadre? —saludó Tere

—Pues ya ve, casi no puedo caminar y mis manos mucho me duelen para hacer oficio. A veces ni como; sólo cuando me vienen a ayudar, porque ya no veo.

—¿No será por el color de sus ojos, comadre?

Tía Clara era de las pocas personas por el rumbo que tenía los ojos azules; hacían un lindo contraste con su piel tan, tan morena, y su pelo blanco. Tía Tere se sintió aliviada al comparar sus males con los de esta otra viejita, pero ella no quería oír lamentos, sino que oyeran los suyos, y como además esta mujer era casi sorda, decidió que mejor se iba.

Al bajar rumbo a su casa pasó junto al parque. Ahí alcanzó a ver una parejita en gran arrumaco; eso no le gustó. Pensó en sus nietas, ¡qué bueno que ella no las había visto hacer eso! No entendía cómo los papás lo permitían. En sus tiempos, a la muchacha la hubieran metido a su casa a varazos y al muchacho tampoco lo hubieran dejado estar así. Pero éste... ¿qué no era Mundo, el hijo de Gerardo el de las camionetas? Sí, eso le pareció. ¿Qué no veían sus papás lo que hacía, viviendo ahí enfrente, ¿Cómo querían después que el muchacho los respetara si ellos no se daban a respetar?

Mundo ya tiene novia. Es Paula, la hija de doña Socorro. Mundo se ufana de su relación, pues es una muchacha bonita y su mamá la ha enseñado muy bien. Se conocen desde pequeños, el pueblo es tan chico... Claro que antes ni pensaban el uno en el otro, al contrario, cuando coincidían en la hondura del panteón se molestaban mutuamente. A los niños no les gusta ir a la misma hora que van las niñas, pues no pueden tirarse clavados a gusto desde la piedra alta que domina el río o, peor aún, no vayan a creer los demás que están buscando a las chamacas. Pero quién sabe cómo, un día se fijó en ella. Un domingo, estaba recostado viendo televisión y quién sabe para qué se paró a asomarse por la ventana. Y la vio con sus amigas. Como su casa da al parque…

Iba Paula con su pelo recogido en una cola de caballo y con una falda y blusa azules, nada del otro mundo. Pero de pronto Edmundo se dio cuenta de que le gustaba. Él supo qué hacer. Se paró, se peinó y se puso camisa y zapatos —en su casa le gusta estar nomás con el puro pantalón— y salió a buscar a sus amigos. Algunos ya estaban en las bancas, así que, como si nada, llegó a saludarlos. Comentaron un poco sobre el trabajo de la semana, de fulano que desde el viernes estaba tomado y de las muchachas. Mundo los convenció de que deberían ir a saludar al grupito donde estaba Paula, a ver si querían ellas platicar un rato. Las niñas -que habían ido también a dar su vueltecita disimulada- se empezaron a reír y se hicieron bromas al verlo llegar.

—Platicamos muy chulito.

A partir de ese momento, Mundo siempre estaba pendiente de lo que ella hacía. A fines de junio fue la celebración del Santo Patrono. En respuesta a sus plegarias, Paula y sus amigas fueron a la fiesta y Mundo la sacó a bailar toda la noche. Y entonces el pueblo entero supo, incluida ella, que eran novios.

Mundo es un muchacho serio y trabajador. Así es como lo ha enseñado su padre, aunque a veces se queja.

—Qué esperanzas que yo fuera tan flojo como éste. A mí me levantaban a las cinco de la mañana; yo, a duras penas lo paro a las seis y media.

Pero el reclamo es un decir, ya que desde temprano Mundo maneja los camiones de su papá, también es el mecánico que los repara y a veces tiene que ir a vigilar las vacas.

—¡Que bueno! —comenta su madre— Si quiere ser hombre de bien, que se enseñe a trabajar.

Es de los pocos muchachos que no se emborracha hasta perderse. No rehúsa una o dos cervezas con los amigos.

—Para que no digan que uno es cortado, pero ahí le paro. A veces nos vamos a Copala, de juerga, a buscar mujeres, pero eso sí, yo me fijo bien quién es y que sea limpia, no agarro cualquier cochina.

Con Paula no ha hecho el amor, aunque sí le tiene ganas. Todo es cosa de que ella quiera, a lo mejor un día que vayan juntos a Copala o ahí en San Miguel, que se vayan a veredear. Lo malo es que ella podría salir embarazada, aunque si eso pasa Mundo está seguro que se casaría —ya hasta fue con doña Socorro a pedir permiso de ser novio de su hija— pero él siente que todavía es muy joven. Y tiene razón, si apenas cumplió los diecinueve.

Él no ha dicho nada todavía, pero en un año más o menos les va a decir a sus papás que la vayan a pedir, porque quiere casarse bien. Así se casaron ellos y está seguro que estarán de acuerdo. El gasto es fuerte, máxime que él debe ponerlo casi todo, pero se consiguen padrinos de pastel, bebida, música, comida y así el gasto ni se siente. También va a hablar con su papá para ver cómo se arreglan con lo del camión, si le paga más o si le da la mitad de las ganancias para que rápido pongan su casa aparte. Pero todo a su tiempo, por lo pronto se tiene que apurar pues va a llevar a su mamá a Copala a comprar unos listones y unas flores que quiere para la tumba de su abuelito.

En San Miguel no acostumbran poner más adorno que flores y velas sobre las lápidas, pero Aureliana está necia con que ella vio unos arreglitos en una revista y así le quiere poner a su papá. Mundo espera que no se tarde mucho. Va a manejar rapidísimo, a ver si logra hacer cuarenta minutos de ida y cuarenta de vuelta, pues apenas le va a dar tiempo, regresando, de tomar un baño y arreglarse para encontrar a Paula en el parque. Quedaron de verse ahí en la nochecita, después de componer bien el altar para el hermano difunto de Paula que se murió hace apenas seis meses. Él no va a ir al panteón; tampoco sus amigos. Los varones casi no van, a menos que alguno tenga a su papá o mamá difuntos, pero si son abuelos, no, y menos otros parientes más lejanos. Antes sí iba, cuando era más chico, porque lo llevaba su mamá.

El día tres, en el baile, sólo acompañarán a los demás pues Paula no puede bailar por lo del hermano. Dicen que si uno baila antes del año, le apachurrara la cabeza al difunto. Si antes digan que le sacaron el permiso a la mamá, que no quería ni que Paula fuera. "Nomás porque Mundo es muy serio" había dicho, después de exigirles que no regresaran tarde.

—Ya casi estoy, Mundo —le gritó su madre—. Ve, anda con tía Tere, que quiere encargar no sé qué cosa de Copala.

—No, mamá, a mí no me gusta ir para allá, le traigo muina a uno de sus nietos.

—Pues dile a tu hermana que vaya.

—Nomás eso faltaba —piensa Mundo—, que me agarre de mandadero, si ya bastante hago con llevarla hasta Copala. Voy a tocar el claxon a ver quiénes se suben y así hasta saco el viaje.

Pero en el fondo de alma, él lo que quiere es sacar lo del viaje, pero a Los Ángeles.

—Ahí se gana bien y es mejor que trabajar en el campo.

Es probable que se vaya un año, después regresará por Paula, a ver si se puede casar e ir otra vez para allá. Aunque un año es mucho, a lo mejor y se encuentra a otra… ¡Quién sabe! Por lo pronto está contento porque ya tiene novia.

Apenas eran las siete de la noche cuando tía Tere se quitó el delantal y se puso su rebozo para salir rumbo a la iglesia. Mela le dijo que era muy temprano, aún más que el día anterior, pero ella quería llegar a la iglesia con tiempo, deseaba hablar a solas con San Miguel. Mela le dijo que ella la alcanzaría más tarde. Inició Tere el camino tantas veces recorrido, los mismos pasos, los mismos lugares. Su vista, aunque nebulosa, buscaba el más mínimo cambio sobre el que poder comentar algo. Ya no estaba ese muchito de Gerardo Pérez, pero en su lugar vio otras parejas o grupitos por ahí. ¡Qué esperanzas que en sus tiempos hubiera un parque de esos y que se permitiera tanto! Si las costumbres continuaran como las de antes, Carmelita no se habría embarazado. Las cosas estaban cambiando y ella ya era muy vieja para entenderlo.

Todo había sido muy rápido. Hace treinta años apenas, a finales de los años cincuenta, abrieron el primer camino que conectaba a San Miguel con el resto del mundo. Hace veinte —lo recordaba muy bien— la luz eléctrica había desplazado los candilitos con que se alumbraban, si hasta un convivio se hizo con los de la Compañía de Luz. Hace casi diez años se recibió por primera vez la señal de televisión, y ahora algunos tenían unas cazuelotas en los techos de sus casas, dizque para ver la televisión en inglés... sólo que de todos modos veían las mismas cosas que los demás, aunque sin tantas rayas.

—Yo no sé para qué están gaste y gaste; eso le digo a mis nietos.

Después de vivir de forma casi inamovible, a San Miguel le había caído, de golpe, el presente y los viejos no tenían el ritmo para adaptarse. Los últimos veinte años se habían ido demasiado aprisa.

—Lo bueno que a mí ya no me va a tocar ver lo que va a pasar; la próxima vez, quién sabe si me encuentren.

Tía Tere llegó a la iglesia. Tal como ella lo esperaba no había nadie; se puso a hablar con San Miguel.

—Mira, fíjate bien cómo necesito yo a Mela y ella a mí. Las dos ya estamos viejas; ¿qué va a pasar cuando una se quede sola?

No oyó los pasos de Carmelita al acercarse; se sentó junto a su abuela y con la punta del pie trazaba dibujos imaginarios en el piso.

—En qué piensa, abuelita.

—En lo ingrata que fuiste al dejarnos.

Se acordaba de su nieta, años atrás, cuando le tocó mecer a Jesús en la época de Navidad. Cada hora, durante varios días, iban a la iglesia las chamacas que habían sido designadas madrinas, a arrullar la figura del Niño Dios:

A lo rorro niño,
a la rorrorró,
que viniste al mundo
sólo por mi amor.

Y ella, Carmelita, con su vestido rosa bien almidonado —ese que sólo era para el mero veinticuatro—, era quien lo sostenía entre sus brazos.

—A lo mejor ahora podrías ser la Virgen María en la representación de Semana Santa.

—Ay no, abuelita, a mí esas cosas no me gustan.

—¿Ni ahora?

—Ni ahora, ¿usté cree?... ¿Y usté arrullaba al niño?

Carmelita se levantó despacio, ya se oían las voces de algunos que se acercaban:

—Ya me voy, abuelita, cuídese.

—¿Cuándo te veo, niña?

—El domingo, en el panteón, en la tarde.

Una salida más cuando ella pensaba quedarse en su casa, pero en fin, por Carmelita lo haría, más ahora que a la niña no le gustaba dejarse ver por la gente, sobre todo por su mamá. En el pueblo decían que tal vez su hija le tuviera muina... Como a la hora de aliviarse, doña Carmela no había querido vender una vaca para pagarle a la chamaca el mejor trato posible...

Pero quién sabe, Melita nunca había sido rencorosa y menos ahora que tenía a su nene. Quién sabe por qué no quería que su mamá la viera.

—Bendito, bendito, bendito...

El canto sacó a Tere de sus pensamientos. La gente ya había llegado a la iglesia y el rosario había comenzado. Con frecuencia perdía la noción del tiempo, ¿sería por lo vieja? Al terminar el rezo, de nuevo Adriana López pasó a invitar a la liturgia. Tía Tere no tenía objeción particular en que se hicieran estas celebraciones, algo era mejor que nada. Ella, al igual que las demás, preferiría que hubiera un cura de planta en el pueblo. O como los evangelistas o bautistas o como se llamaran; esos tenían a su pastor que vivía ahí en San Miguel.

—Nomás que esos hombres tienen mujeres e hijos.

Adriana hablaba de ellos. Decía que los que caían en otras creencias eran seres débiles, que había que ir a los oficios y a los grupos de reflexión de la Biblia para conocerla y no caer en sus engaños.

—Ellos dicen que estamos locos porque adoramos monos, dicen también que los sacerdotes nos engañan con sus palabras, pero yo les digo, hermanos, que tenemos un Dios celoso que si lo andamos cambiando nos castiga; hay que tenerle miedo a Dios.

Pero Tere, aunque firme en sus creencias católicas, no veía que a los evangelistas los hubiera castigado Dios, al menos no en vida. Incluso como que estaban muy contentos, se juntaban en su salón, cantaban, se ayudaban entre sí. Pero había tantas cosas que criticarles...

En estas fechas ellos no ponían altar, que porque adoraban al Dios Verdadero; eso decían. Tampoco bautizaban a sus niños en la iglesia, sino que unos días antes de Semana Santa se metían todos al río, en un bautismo colectivo, entre cantos y música. Muy extrañas eran estas personas. Y el problema no era ese, sino que iban de casa en casa en el pueblo tratando de convertir a la gente. A veces los corrían de mala manera, a veces sólo los ignoraban, pero a veces sí la convencían. Como a Chole, la hija de tía Juana: ¿quién dijera que caería?, tan devota que es su mamá. Precisamente ahí estaba tía Juana, como siempre, pendiente de cualquier rezo o celebración litúrgica. "Podemos ir en paz, nuestra celebración ha terminado", se oyó que decía Adriana. Todos comenzaron a salir poco a poco. Al dar la vuelta, tía Tere vio en una banca de atrás a Rosa, la nieta de doña Lala, una niña con los ojos tristes.

—¿Estás pidiendo por tu madre?

—Sí, tía Tere,

—Pues rézale mucho, a ver si se compone.

La Rosa tiene un dolor que le rebasa el alma. Se va al río para poder estar sola, para poder pensar con tranquilidad. No le gusta hablar de esto porque siente una pelota en la garganta y se le mojan los ojos. Aun cuando está sentada en la piedra por donde dicen que salió una serpiente de más de veinte metros de largo —una de las leyendas del río—, aun cuando está viendo jugar a sus hermanitas —o tal vez por eso— le dan ganas de llorar.

—¿Por qué es así, por qué mi mamá nunca piensa en nosotras?

Rosa recordaba haber vivido desde pequeña con su abuela Lala, que trabajaba de panadera para ganar el sustento. Por circunstancias que Rosa no conocía bien pero que le eran familiares, doña Lala nunca se había casado. Generosa en amores, tuvo muchos hijos; uno que otro del mismo señor, pero casi todos con diferentes apellidos. Porque eso sí, lo que sea de cada quien, los hombres de San Miguel no siempre se casarán con la mujer embarazada y tal vez jamás se vuelvan a ocupar de esos hijos, pero su apellido sí se los dan.

Doña Lala era la matrona. Astillas del mismo palo, varias de sus hijas eran de temperamento ardiente, y fecundas como la costa. Todos los pequeños siempre fueron recibidos por la gran madre. A Rosa, por ser la nieta mayor, le tocaba buena parte de la responsabilidad. Rosa tiene una mirada dulce y tierna pero, de repente, como que la tristeza se apodera de sus ojos negros. Es entonces cuando con trabajos contiene el llanto.

—¿Y tu mamá, Rosa?

—En Copala

—¿Y por qué está allá?

—…

Ya no puede hablar. Quisiera que alguien pudiera decirle por qué su madre está allá, por qué cada vez que conoce a un nuevo hombre, va dejando a las hijas —tiene puras mujeres— de los anteriores y no se ocupa más de ellas.

—¿Qué le hemos hecho?, ¿en qué le hemos quedado mal?, ¿por qué no nos quiere?

Por eso se va al río. Se lleva a sus hermanitas a jugar a ese rincón donde el agua baja como en una resbaladilla y va a dar una pequeña hondonada en medio de toda clase de claroscuros visuales y auditivos. Igual que sus hermanitas ahora, así jugaba ella con sus amigas en la "hondura del panteón" (el nombre que daban a esa parte honda del río). Esos eran días en que la pena no era tan clara. Días en que una buena zambullida hacía olvidar los golpes recibidos o el abandono. Al paso del tiempo, el río dejó de ser el sitio del juego y era su espacio de reflexión. Ahora era más difícil olvidar, ahora quería entender, ahora sentía el dolor de haber crecido. Ni siquiera le entusiasmaba como antes el baile de Muertos del día siguiente. Sólo porque iría con Chucho se animaba un poco; estar cerca de él la confortaba. Una vez terminaron porque él andaba tomando demasiado y parece que hasta fumando marihuana, pero le había prometido cambiar y le dijo que se lo demostraría. Ella quería creerle.

Hace poco, junto con la más pequeña de sus hermanas, fue a ver a su mamá a Copala. Al principio Elvira no las quiso recibir, pero a fuerzas de insistir, consintió. ¿Y para qué? Sólo para decir que no las quería volver a ver, que ella ya tenía hecha su vida y que además estaba esperando un hijo del nuevo hombre.

—¿Otro hijo?, ¿para qué?, ¿para después irlo a abandonar ahí a la casa?, ¿una nueva responsabilidad para mí?

Porque su abuela las recibe en casa y hace el delicioso pan que tanto éxito tiene ahora en Copala, para que puedan ir saliendo con los gastos, pero conforme van creciendo todas deben cooperar. Por ejemplo, la más joven de sus tías hace pan con doña Lala; las otras dos están en Copala y mandan sus centavos cada mes. Hasta la mayor, a quien nadie ha visto en años, envía dinero.

De más pequeña, Rosa había soñado con estudiar, con ser alguien. Incluso por ahí le habían dicho que tenía dedos muy lindos y largos, como de pianista. Alguna vez le preguntaron qué quería ser de grande:

—Voy a ser reina.

Para ella eso significaba todo, pero ya ni estudiar podría. En una ida a Copala, Elvira perdió sus documentos y les dijeron que tendría que ir hasta Chilpancingo a conseguir los duplicados,

—¿Y usted cree que va a ir?

Su esperanza es Chucho, porque parece que sí la quiere, le da consejos y la hace sentir menos triste.

128

—Ojalá y de veras cambie, porque yo creo que lo quiero; no sé si estoy enamorada, pero cuando lo veo, siento aquí bien bonito.

Ya fue a hablar con su mamá y con su abuelita para que los dejen ser novios. Le ha dicho que dentro de poco se la va a llevar y después se van a casar. Rosa lo quiere mucho. Es la primera vez que siente algo así en su corazón. Pensar en que pronto estará con él la hace sentir más animada:

—Pero si me voy, ¿quién atenderá a mis hermanas? Y entonces vuelve a sentir ese mismo dolor que le rebasa el alma. Por eso se va al río.

Tía Tere se tapó la boca con el rebozo —no le fuera a dar un aire— y se fue para su casa. Mucho había salido estos días y estaba cansada. Llegó a su casa y, junto con San Miguel todo, se acostó a dormir.

Tres de noviembre

La mañana del día tres amaneció llena de sol. Tía Tere tenía un sentimiento raro de tristeza y de alegría pero ni le prestó atención. Pensó que sería normal por la fecha, así que siguió con su oficio de siempre, barrer, poner café, ver qué haría para el almuerzo, echar tortillas. Igual que ayer o mañana o pasado mañana. Así es como lo había hecho por años, así vio que lo hacía su madre y así enseñó a Mela y a sus nietas. Ese era el trabajo de una mujer en casa.

Se sentó a almorzar. Decidió que con un poco de café, pan, tortillas y frijoles sería suficiente; ya no quería mole ni tamales. Al igual que cada año, se sentía harta después de desayunarlos, comerlos y cenarlos durante cuatro días pues, aunque con ligeras variaciones entre el de una comadre y otra, el sabor era el mismo de siempre. Al terminar se puso a lavar el vestido que escogió para ir al panteón, con ese calor seguro iba a estar seco para las cuatro.

—Estaré vieja, pero todavía puedo hacer oficio; yo no estoy como otras viejitas que nomás puro dormir, dormir.

Cuando terminó de lavar decidió ir —de una vez— por las veladoras para sus difuntos, no fuera ser que se acabaran o que quedaran sólo las más chicas.

—Mela voy a la tienda de Chelo por unas veladoras, ¿por qué no te vas yendo tú por las flores?, ya ves que luego dejan las puras marchitas.

—¡Ay sí, María Santísima! —le contestó Mela—. Si ya de por sí a esta hora, pura flor apachurrada han de vender.

Tía Tere tomó su vara y salió. Más valía ir pronto, antes de que el calor arreciara y fuera insoportable estar bajo el vivo sol. El recorrido era el mismo de siempre, pero por primera vez, quién sabe si en su vida o sólo en muchos años, miró más allá de su camino.

Se dio cuenta de que su pueblo salía de entre las plantas, como queriendo permanecer oculto de miradas indiscretas, como queriendo ser parte y uno mismo con la naturaleza. Al fondo se veía el cerrito, ¿cómo se llamaba?, ¡quién sabe!, todos en San Miguel le decían así, El Cerrito, con su árbol redondo hasta arriba y el monumento a quién sabe quién. El cielo era de ese azul que sólo en Guerrero se ve, y la presencia de una que otra nube le daba contrastes de luminosidad que llamaron la atención de Tere.

—¡Qué bonito es mi pueblito! Cómo no me había fijado antes... no todos tienen su cerro, su río y su parque así de chulitos.

El suelo estaba ardiendo. Por fortuna tía Tere usaba sus chanclas de hule y no lo sentía. Ella siempre las usaba, aun en su casa, no como otros, como Lupe, que andaban descalzos. Aunque al mirar los pies de tía Tere, una pensaría que a través de sus plantas como de piedra no pasaba ni el calor de las brasas del comal. Llegó por sus velas a la tienda de Chelo. Ahí estaba como siempre, sentada en su silla de concha, viendo todo lo que pasaba. Para hacer plática tía Tere le preguntó a que hora iría al panteón.

—No sé si vaya a ir; si hay alguien que se quede atendiendo, voy, si no, pues ya iré cuando pueda.

—¡Ah bueno! Pues ahí nos vemos si se puede. Dame cuatro veladoras grandes y dos chicas; cerillos no, porque ahí tengo.

Salía tía Tere de la tienda de Chelo cuando paso por ahí el maestro Agustín. Iba rumbo al teléfono, a la tienda de su esposa Ofelia, hermana de Consuelo. La saludó así nomás de pasadita, pero le prometió que al otro día iría a verla.

Regresó tía Tere a su casa, acordándose de su pueblo en los tiempos en que llegó con su segundo marido. En donde estaba el parque había existido una casa muy grande e importante, de los Romero, antepasados de estas mujeres, de Ofelia y Consuelo y de varios de los que vivían en la calle principal: de Carlos, el tablajero; de José, aquél que quedó viudo muy joven y solito sacó a sus hijos; en fin, de más de medio pueblo. Como ahí casi todos eran parientes...

Contaban que en esa casa habían matado y enterrado a unos y que aun ahora había almas; que ya noche no se debía ir al parque pues salían a penar. ¡Quién sabe! También aconsejaban no ir de noche a los cerros que porque había duendes. Tía Tere nunca se topó con ninguno, aunque, por si las dudas, cuando estaba oscuro no salía. Casi para llegar a su casa pasó frente a la de Lalo y Diana. Ahí vivía su nieta Chío desde que se había juntado con Pancho, el hijo de Lalo.

Lalo y Diana no pueden tener hijos, por eso adoptaron una nenita. En realidad la que no puede es Diana porque Lalo, por otro lado, ya tuvo a Pancho.

—Y qué lástima de Diana, ¿eh?, tan chulita que es, con sus ojos azules y su naricita. ¡Quién sabe por qué será!

Lo bueno es que Lalo la quiere mucho y desde que se casaron nunca le ha faltado nada. Lalo es joven y atractivo, de repente tiene alguna aventura por ahí, pero nada que inquiete demasiado a Diana; también es medio tomador, pero eso en San Miguel no es raro. Lalo es hermano de Eliseo, el prestamista aquél que cojea, al que le metieron un balazo en la pierna. La familia ya tenía dinero desde antes y los tres —porque había otro hermano, Silvestre— supieron cada uno hacer lo suyo para obtener buenas ganancias. Sí, hasta el difunto Silvestre era bueno para los negocios.

Lalo y Diana son dueños de un local grandote que se llama El Gallo de Oro y que sirve tanto de cantina como de cine cuando a él le dan ganas de ir a conseguir alguna película y exhibirla. A veces, a propósito, deja pasar tiempo para que la gente esté ansiosa de diversión. Entonces va y consigue películas de Clavillazo o de Capulina. Aunque últimamente lo que más le piden son las de acción, como Rambo.

Ahí mismo funciona el altoparlante, el primero en operar de los tres o cuatro que hay en San Miguel, a través del que la gente anuncia sus mercancías o el municipio pone sus avisos o ellos mismos promocionan la función de cine. El mensaje se paga a tanto y eso da derecho a que se repita varias veces, moviendo la caña que sostiene al aparato en lo alto, hacia tres o cuatro direcciones para que lo escuche todo el pueblo. Hace muchos años, la gente podía dedicar melodías y hasta hacer declaraciones de amor. Pero el municipio lo prohibió y ahora sólo se escuchan cuestiones de beneficio social como cuando se convoca al tequio; o religiosas, cuando invitan a la liturgia; o comerciales:

"Se les comunica a todas las amas de casaaaa, que en el domicilio del señor Aureliano Pachecoooo se encuentra a la ventaaaa, carne de cerdo fresquecitaaaaa. Señoras amas de casaaaa, pasen a hacer su compraaaa".

Antes era Diana la que leía los anuncios, pero desde que Rocío llegó es ella quien los dice. Y si ya antes Diana se pasaba buena parte de las tardes echada en su hamaca, ahora las dedica íntegras a reposar y a ver la televisión:

-Mucho me gustan las telenovelas.

Cuando Pancho y Chío se establecieron con ellos, Lalo y Diana ya tenían construidos unos cuartitos en la parte de atrás de su casa con todo y su baño, para poder rentar a los maestros que vinieran de fuera o para alojar a sus invitados o parientes que los visitaran. Pero hace poco les dio por querer tener otra casa. Se hicieron de un terreno allá por la entrada del pueblo, frente de la cancha de futbol, y ya están construyendo. Al frente tendrá su porche —como todas—, pero adornado con arcos. La casa de acá, la del centro, dicen que se la van a dejar a Pancho y Rocío.

—Claro que vamos a conservar una recámara. Cuando véngamos a una fiesta por aquí y nos dé flojera regresarnos hasta allá, pues aquí nos quedamos.

Y tiene razón. A cualquiera —aunque tenga camión o coche como ellos— les daría flojera regresarse hasta su casa, sobre todo si queda a un kilómetro de distancia, como la suya.

A Diana le gusta San Miguel porque es tranquilo, porque no hay ruido y porque la gente es buena. Sus papás y sus hermanos viven en Copala, pero ella no se siente a gusto allá.

—Voy y lueguito me quiero regresar. Sonríe y muestra sus colmillos de oro que hacen juego con sus aretes y su cadena, también de oro.

Ahora también pasa las mañanas y las tardes con su nena. Ya no está triste como antes, pues la niña es muy chula y se han acoplado bien. La chiquilla la obedece y la sigue para todos lados. A Diana hasta el carácter le cambió, ahora es más alegre, se preocupa por el futuro y le pone empeño a las cosas. Porque antes estaban tristes, por eso adoptaron una nena.

Tía Tere hizo más lento su ya de por sí despacioso andar, a ver si de casualidad veía a Rocío. Quiso su señor de Petatlán que se asomara por ahí en ese instante. El corazón le dio un brinco.

—Niña, ¿vas a ir hoy al panteón?

—No creo.

—¿Pero, qué no vas a ir a ver a tu angelito?

—Es que Pancho está tomado y luego ya ve que se pone medio pesado. Mejor llévele usted una luz de mi parte.

El corazón de tía Tere se encogió un poquito y así se quedó todo el rato que estuvo recostada en la hamaca del porche de su casa, llorando para adentro.

Serían como las tres de la tarde cuando por el altoparlante de Diana se escuchó la voz de Chío invitando a todos los católicos al Santo Rosario que se celebraría a las cuatro de la tarde en la iglesia. Luego levantarían la Cruz e irían en procesión hasta el panteón a llevar de regreso a las ánimas que habían pasado varios días de visita en el pueblo, comiendo de los altares. Era, pues, justo que ya se fueran a descansar y para eso al menos una persona de cada familia debía acompañarlas al panteón.

Tere y Mela tenían algunas ánimas que llevar. La última era la del niñito de Chío, aquél que se le murió porque el parto duró demasiado y don Marcos no le supo. Y había otras; otras que causaban más tristeza, que tía Tere preferiría no ir a dejar.

Madre e hija se lavaron muy bien y se pusieron vestidos limpios; se peinaron y se trenzaron el pelo, tal como lo habían traído por años. Con las flores que compró Mela —unas poquitas— y las veladoras salieron rumbo a la iglesia. No eran ellas las únicas que iban para allá, aunque sí eran casi puras mujeres. De hombres, nomás Chemo, Lorenzo, Epifanio y algún otro. El resto estaba o en sus casas durmiendo o en las cantinas tomando. Casi al parejo que ellas venía una mujer con sus hijas.

—¿Qué no es ésta una de las hijas de Lupe?

—Sí, es la que tiene hijos de varios y luego llega tomada.

—¿Borracha ella? ¡Pobres muchitos, lo que verán!

—Dicen que hasta mete hombres.

De Rosaura se dicen muchas cosas. Sobre todo porque tiene hijos de distintos y a veces, con copas de por medio, llega con señores a su casa. Bueno, ya tiene como dos meses que no lo hace, desde que Tencho, el de la verdura, la empezó a rondar. Antes, sus hijos y su mamá sufrían mucho por ella. Tía Lupe, porque no le gustaba que su hija anduviera en boca de todos y porque tenía muy abandonados a los hijos; los niños, porque los trataba mal y poco caso les hacía. A lo mejor por la soledad y porque se mataba para sacarlos adelante, era que se desquitaba… ¡sólo Dios! Rosaura recuerda sus andanzas y sus ojos se pierden en el pasado. Una sonrisa deja ver su boca chimuela que la hace hablar de una forma chistosa:

—¿Que si he tenido novios? ¡Un resto! Ya hasta perdí la cuenta. Tuve varios novios antes del papá de mis dos hijos grandes… porque los primeros son de un papá y ya las otras niñas son de otros papás.

Chagua se fue con Nabor cuando ella tenía diecisiete años. Dice que sí estaba enamorada de él, que sí lo quiso. Lo quiso, como ella misma dice, el tiempo que dilataron juntos, hasta que él agarró el vicio, después ya no. En ese entonces Chagua vivía con su papá, con su mamá y con sus hermanos. Tía Lupe hubiera querido que Chagua se quedara con ese hombre.

—Como yo, pues, que nomás me junté con el papá de mis hijos, pero fue el mismo de los diez, no que ella...

Rosaura, en cambio, dejó a Nabor y entre varios amores se hizo de otro más o menos estable. Con ese muchacho tuvo a sus dos hijas siguientes y con otro más tuvo finalmente a su Gorda, que acaba de cumplir dos años. Sus amores, como ella dice, son pasajeros.

—A veces pienso que está una con los hombres por costumbre. Luego me dice mi mamá que ya me componga, que a lo mejor encuentro a uno. Como el hombre ese, el que trae las verduras, que ahora me ayuda a mí y hasta a mis hijos; pero no, yo ya no me caso... como mis hijos son de distintos...

El único hombre que ha sido su gran amor fue su padre. Lo recuerda como una persona especial, diferente del resto de los padres de San Miguel.

—Mi papá era buenísima gente. Aunque mi mamá también es buena gente; una madre no se puede comparar.

Su papá fue Comisario de Bienes Comunales —Comisariado como dicen ellos—, y parece que hizo muchas cosas buenas por el pueblo. Rosaura recuerda como algo muy especial que ella fue la única de sus hermanas a la que le hizo convivio de quince años. Dio de comer y tomar sin límite, organizó un bailecito con tocadiscos y dijo unas palabras. Para Chagua fue uno de los días más felices de su vida.

Rosaura es panadera. Desde temprano comienza a preparar el pan que sus hijos irán a vender por la tarde. El mismo pan que hacen todas las panaderas de San Miguel, con los mismos ingredientes y tiempos de reposo y horno que usaban sus abuelas y bisabuelas.

Como muchas otras mujeres, Rosaura llena de aromas a San Miguel. Por las tardes, mientras los niños venden el pan y ella plancha y remienda la ropa que lavó muy temprano, le gusta ver la televisión. Trata de no perderse las comedias de la tarde a menos, claro, que la inviten al voli, porque entonces sí deja la tele y se va a jugar un rato con otras mujeres. A veces también participan los hombres, los jóvenes, cuando se desocupan. Al terminar de vender el pan, sus hijos se sientan a ver la tele con ella.

—A todos nos gusta, porque ves cosas que pueden pasar en la realidad y los niños están pendientes de los besos y los novios —dice con su sonrisa chimuela.

En San Miguel son estrictos con eso de los enamorados. No cualquiera puede ser visto en pareja, porque ya luego luego están hablando. Los muchachitos se ven en el río o, dizque sin querer, en el parque. Si van en la secundaria dicen que se reúnen a hacer la tarea. Los papás no se deben dar cuenta, por eso lo disimulan. Para cuando lo saben es porque ya están bien entrados o la muchacha ya salió embarazada. Si pasa esto, a veces los papás corren a las hijas, pero a la hora de ver al nieto las perdonan.

—La gente critica, mucho critican aquí; es un pueblo que habla mucho, pero no de frente, porque luego ven así a alguien de su familia, entonces mejor se callan.

Después, como en todo, la gente se acostumbra a la situación, pasa la novedad y ya les da igual. Así le pasó a Chagua con su última hija, con la Gorda. Cuando salió embarazada todos la criticaron, hasta sus hermanos, y ahora, en cambio, quieren mucho a la niña. Aunque a Chagua se le quedó la espinita de que se la despreciaron. Por eso se mudó aparte, eso dice ella. Su mamá dice que lo hizo para poder meter hombres en la noche. Se preocupa por sus nietos y su hija. Porque de Rosaura se dicen muchas cosas y ella no quiere que hablen.

En la iglesia ya había mucha gente, muchas mujeres, todas con sus flores de cempasúchil y algunas con las flores rojas de Santa Teresa. Ahora sí llegó Lencho, el catequista que enseñó a las mujeres de San Miguel y que andaba organizando todas estas celebraciones para motivar a la población.

Rezaron el rosario mientras llegaban más y más señoras. Luego vino la novedad: a Lencho se le había ocurrido tomar algunas de las costumbres de la gente y aplicarlas en la iglesia, así que además del arco tradicional que siempre se ponía, con arena y cascarón de huevo simuló una lápida en el piso, una especie de tumba a la que le puso su cruz. Esa era la tumba representante de todas las de los difuntos del pueblo. Luego comenzó todo el asunto de ir a llevar a las ánimas al panteón.

Los cuatro o cinco hombres que fueron procedieron a barrer la arena y a juntarla, en medio de cantos y rezos. Después quitaron el arco y levantaron la cruz. Con todo esto a la cabeza se inició la procesión seguida, por supuesto, de dos largas filas de mujeres, con su rebozo en la cabeza y sus flores en las manos. Iniciaron la bajada de la iglesia también entre cantos y rezos. Al llegar a la plaza tuvieron que irse por un costadito, por los portales del mercado como quien dice, pues los organizadores del baile de en la noche ya estaban cercando la plaza. Las voces de los rezantes se perdían un poco con el "TAP, TAP, Probando, Probando" de los músicos. Finalmente llegaron al panteón. Aquello ya era una romería con todos los que no fueron a la iglesia sino que llegaron directo a hermosear las tumbas de sus difuntos:

—Primero hay que dejar la tumba bien limpiecita, bien chulita. Luego se le ponen sus veladoras, una o varias según las ganas de gastar o las posibilidades, y sus flores a los lados, y se guardan unas cuantas para deshacerlas y con los pétalos hacer una cruz sobre la lápida.

La del nene de Rocío estaba a flor de tierra, como tenía poco que había muerto, todavía no entregaban la piedra con la inscripción. De todos modos, las veladoras, las flores y su cruz de pétalos se las pusieron encima de su montoncito de arena.

—¿Y tú a quién vienes a traer?

—Yo a un muchito que se murió, a mi papá y a mi señor. Como a mí ya se me murió mi difunto…

Ahí estaban las hijas de Lupe y sus nietos. Lupe no, porque decía que un día su hombre se le había aparecido en sueños y le había dicho "¿Qué cosa tienes tú que estar haciendo en el panteón?". Desde ese día no va, para que no se enoje el finado.

—¿Y esta tumba de quién es, tú?

—¡Quién sabe! Tú ponle flores, total, que no se queden tristes.

Estaban Moisés Díaz con Aurora, su mujer, y sus hijos; Diana y Lalo y la familia de Diana; Gerardo Pérez; el presidente municipal y su esposa; también todas las Gutiérrez. El gran ausente era tío Anselmo, el cantor de responsos y abuelito de Nino, pues tenía una embolia. Tan cómodo que era antes pagarle una bicoca y que él se quedara rezando frente a cada tumba. Como quiera, ese día había otro elemento nuevo. Lencho organizó que se celebrara liturgia ahí mismo en el panteón y eso ayudaría a que las ánimas sintieran más los rezos dedicados a ellas.

—En el nombre del Padre, del Hijo y del Espíritu Santo, Amén.

—¡Shh, niño, no pises la tumba!

—Vente, mi hijo, no le hagas caso. Nunca vienen a ver a sus muertos y por hoy que vienen ya se sienten con derechos.

—Hermanos, ésta es una celebración de liturgia muy especial…

Para escuchar, la gente se acomodó entre las tumbas, parada, sentada o recargada, en las de propios o extraños. Bueno, era tan chico el pueblo que seguro el difunto conocía al que tenía encima… Al terminar la celebración ya estaba oscureciendo. Todo mundo se fue para su casa pues era hora de quitar el altar, no tardaría en llegar la muchachada pidiendo el arco.

"¡El arco pide pan!"

Se juntaban diez o quince, más bien niñas o niños chicos. Iban de casa en casa con grandes canastas a donde echaban las frutas, panes, chocolates y dulces que les daban, después —por supuesto— de bailar o hacer alguna gracia. Llegaban a una casa, pedían el arco, ahí les ponían música y tenían que bailar; entonces ya se merecían su premio. Al final se juntaban todos en el parque y repartían el botín.

Los que no participaban eran los niños amuzgos. Esta gente tenía la idea de que como los difuntos habían estado en su casa y en su altar, todo tenía gangrena. Así que tenían que lavar la ropa —hasta las cobijas— y los trastes. La comida del altar había que enterrarla o tirarla al río:

—A ver si este año lo hacen… con lo dura que está la cosa, no está como para tirar la comida.

Tía Tere, que ya de suyo era dura con los centavos, no entendía ni tantito la costumbre de esos inditos.

Entre los jóvenes había mucha animación. Ellas sobre todo se estaban arreglando para el baile de en la noche, aunque sería casi igual a los de siempre. Hay dos conjuntos para amenizar, uno de ellos de ahí de San Miguel. Al principio nadie quiere entrar por pena de ser el primero y los de los conjuntos están toque y toque invitando a pasar a todos los que se encuentran afuera nomás parados. Poco a poco se va animando la gente. La entrada cuesta quince —antes las mujeres pagaban menos— y la mesa con cuatro sillas cuesta veinticinco, la silla extra, cinco pesos. Por lo general, se sientan las muchachas por un lado y los hombres por el otro. Cada quien pide su refresco o su botella. En cuanto la música comienza se paran a bailar; cada pieza con alguien diferente, a menos que sean novios o que el muchacho esté cortejando y quiera que en ese momento se sepa del compromiso. ¡Ah! porque si ella acepta bailar sólo con él, es que le está dando el sí.

Ni Mela ni tía Tere iban a ir al baile. Entre otras cosas porque se sentían cansadas –a tía Tere le dolían sus pies-, porque era mucho dinero y porque apenas hacía poco que se había muerto el bebé de Rocío y al bailar le apachurrarían la cabeza.

—¿Y a qué va uno a un baile, sino a bailar, a ver dígame?

Entonces mejor se acostaron a dormir. Finalmente descansarían; esos días de Muertos eran muy agitados. Sólo a lo lejos se alcazaba a oír la música.

"…baila como Juana la cubana…"

Tere se quería levantar temprano para ir a ver a San Miguel; necesitaba pedirle algo y si quería que lo anotara y le hiciera caso, tendría que ir muy de mañana. Eso Mela no lo sabía.

El último día

Ese día, a las seis, bien cubierta con su rebozo, ya estaba tía Tere platicando con San Miguel. Le pidió por su Rocío, para que Pancho ya no tomara y la tratara mejor, y para que se embarazara pronto y se le olvidara este muchito que se le murió. También le pidió por Carmelita y por su nene, para que se los cuidara mucho.

Estuvo nomás un ratito y se regresó a su casa. Mela no se había despertado, así que comenzó con sus faenas diarias para que no sospechara y le preguntara qué había ido a hacer a esas horas:

—Porque luego mucho pregunta esta hija mía.

Cuando tuvo listo el café la llamó a desayunar. Un rato después estaban en el porche de la casa, Carmela recostada en la hamaca y Tere sentada en la bardita comentando los sucesos del día anterior.

—¿Te fijaste que muchas ya van al panteón como a una fiesta?

—¡Ay, sí, María Santísima! Estrenando vestido y hasta pintadas de la cara.

—Ya les importa más que las vean distinguidas que ir a dejar a sus difuntos.

—Lo que sí me gustó fue la liturgia ahí mismo.

—Pues sí, pero no lo dejan a uno rezar a gusto.

En eso estaban cuando llegó el maestro Agustín, tal como lo había prometido. Saludó con cariño, a la manera tradicional.

—La mano, tía Tere.

—Que Dios lo bendiga, maestro. Pase, pase y siéntese. Nos da mucho gusto que venga, que se acuerde de nosotras.

—¿Cómo están?

—No tan bien como usted, maestro —le dijo Mela.

Agustín es casi como del pueblo. Llegó hace veinte años a ocupar una plaza vacante en la escuela. Era joven, emprendedor y lleno de ideales. Venía de la región de la Cañada, según él por unos cuantos años, con la idea de tomar experiencia en ese pueblo y después regresar a su tierra o buscar nuevos horizontes. Pero parece ser que tomó demasiada agua del río y que, además, los ojos de Ofelia le robaron el aliento. Al poco tiempo de conocerla comenzó a rondarla, a enamorarla, hasta que le propuso matrimonio.

A Ofelia le simpatizaba Agustín. No era guapo, pero tenía conocimientos y sabía hablar muy bien. En el pueblo no había muchos candidatos que satisficieran sus aspiraciones. Le dio entonces el sí tan esperado, aunque con la condición de que se quedaran a vivir en San Miguel. De esto hace ya veintidós años. En todo ese tiempo muchas generaciones de niños han pasado por las manos del maestro.

Agustín es la voz estadística del lugar. Tiene en la cabeza cifras y datos sorprendentes; porcentaje de gente casada o en unión libre; porcentaje de deserción escolar, causas y motivos; porcentaje de gente que se dedica al campo u otros oficios. Al cabo de los años ha ido subiendo de rango, hasta llegar a ser director de la escuela matutina.

Cuando por la cantidad de alumnos fue necesario crear la vespertina, comenzó como maestro nada más, pero poco a poco logró también el puesto de director del turno de la tarde. Ahora con más razón dice que conoce a todo San Miguel, a las familias, su situación, sus necesidades.

De algunos que fueron sus alumnos conoce ya a los hijos y hasta les da clases, hace comparaciones y toma referencias. Aunque eso es lo que la gente no entiende. Si los conoce tan bien, por qué les pide tantas cosas.

—Es que luego el maestro ni nos considera; nos pide que para el festival, que para el aparato de sonido, que el short, que la pintura de la escuela… no nos considera.

Por eso es que no se termina de integrar. Por eso dicen que no es del todo parte de San Miguel, aunque Agustín se sienta casi como del pueblo.

—¿Que pasó? —le preguntó Mela—, ¿fue usted ayer al baile?

—Nomás me asomé desde afuera. Ya ven ustedes que ahora van los puros muchachos. Uno ya no se siente a gusto ahí.

—¿Y había mucha gente?

—Yo creo que el sesenta por ciento de la gente estaba afuera, sólo viendo; el porcentaje restante sí entró. Bueno, ya ven ustedes que a la una de la mañana ya se puede entrar sin pagar, así que a esa hora ya entraron más. También vino mucha gente de San Gabriel. Un diez por ciento era de por ahí.

—Bueno, eso sí, siempre.

Los bailes estaban cambiando. Antes iba más gente grande, familias enteras. Ahora más bien muchachos, ya de treinta y cinco se veían mal. Y antes había más gente adentro que afuera, decían que era porque las orquestas eran mejores. Tal vez tenga algo que ver el precio, el dinero ahora no alcanza y los papás prefieran dárselo a los hijos para que se diviertan.

Los dos bailes que sí eran de rigor para todos eran los del Santo Patrono, el 29 de septiembre, y el de fin de año. A eso no faltaba casi nadie, llevaban unas orquestas "que tocaban rete suave". Los otros cinco o seis bailes que había en el año cada día se parecían más a este de Muertos. Además los muchachos ya entraban tomados, como para darse ánimo, y luego por eso había gente a la que no le gustaba ir.

—También fíjese que ahora —continuó Agustín— las muchachas se arreglan mucho, muchísimo para el baile. Antes como que las mujeres iban más naturales, no sé.

—Si viera usted, yo me fijo que ahora hasta se pintan. Nadita me hubiera gustado que Carmelita y Rocío se pusieran así.

El maestro Agustín estuvo un rato más y se despidió. Quería ir con su familia al río, aprovechando que estaba crecido y la hondura bien chulita. Tere y Mela se quedaron de nuevo con el porche, solas, sin hablar, cada una en sus propias fantasías. Tía Tere volvió a experimentar esa sensación extraña que oprimía su pecho y la hacía ponerse melancólica, una mezcla entre triste y alegre, pero como otra vez no supo a qué achacarla trató de no pensar en ella.

—Ay, Carmela, qué va a ser de nosotras cuando una se muera.

—Pues nos moriremos las dos —le contestó Mela por enésima vez, en el mismo tono de siempre.

—Es que, ¿cómo se fue a ir Carmelita?

—¡Ay, mamá, ya deje de estar pensando en eso!

Se escucharon las campanadas del reloj de la iglesia, era casi la hora de ir a ver a su nieta.

—Ahorita vengo, voy a la iglesia.

—¿Quiere que la acompañe?

—No, tú quédate. No me tardo yo. Quiero llevarle una veladora al Santo.

Tía Tere se quitó el delantal, se puso el rebozo, tomó una cera que había guardado desde el día anterior, recogió su bastón y salió. Ya no se sentía de humor raro. Cuando llegó al panteón y vio que había más gente ahí, no le gustó nadita. Pensó que tal vez su nieta no vendría porque no quería que la vieran.

—¿Qué hará aquí toda esa gente? Se fijó bien, estaban recogiendo los vasos de sus veladoras; las cosas no estaban para andarlas desperdiciando… En fin; se dirigió al centro del cementerio, detrás del monumento grande de los Romero.

—Psst, por aquí, abuelita.

Tía Tere buscó con sus ojos viejos y carnosos de dónde venía la voz. La vio, ahí estaba su Carmelita que le extendió la mano para ayudarla a caminar.

—Abuelita, ¿por qué no se viene conmigo y con mi niño? La necesitamos mucho.

—Es que yo ya estoy muy cansada… mucho me canso yo.

—Pues por eso, véngase conmigo, ¡ándele!

Tere tomo la mano de Carmelita y volvió a experimentar otra vez una opresión en su pecho; por otro lado se sintió de nuevo fuerte, como cuando era muchacha.

Epílogo

Estas han sido las voces de estas almas que viven entre la bruma y que deseaba que se escucharan, sólo porque me pareció vital compartirlas.

Recuerdo una fábula, hindú me parece, en la que el maestro dice a sus alumnos que Dios es el incognoscible y que cualquier cosa que se diga de Él, no logrará hacer que se le conozca.

Sus alumnos preguntan entonces por qué y para qué les habla de Dios.

Y el maestro responde:

—¿Y por qué canta el pájaro?

El pájaro no canta porque tenga una afirmación que hacer, sino porque tiene un canto que expresar.

Éste ha sido mi canto.

Ustedes dispensarán que haya quedado bien
o haya quedado mal… ¡Ya quedé!
Tía Cata,
(Cuando al terminar de grabar su entrevista
en video dijimos "¡Queda!")

Acerca del Libro

Almas en la bruma: una historia que viví es una novela inspirada en situaciones reales. La gente, lugares y costumbres presentados tienen una reminiscencia con aquellos con los que Mónica del Valle convivió hace décadas. En la novela nos muestra la vida de una comunidad rural de México en los días en que se celebran los Días de Muertos.

El hilo conductor de la historia es una mujer mayor que al tiempo que va de su casa al mercado, la iglesia o el cementario durante esos días, se va encontrando a diversos habitantes del pueblo.

Mientras ella y sus vecinos están haciendo labores propias de esos días ella va narrando su vida y compartiendo sus pensamientos y recuerdos de los viejos tiempos del pueblo, y cada vez que se encuentra a uno de sus paisanos "nos lleva de la mano" al interior de la historia de esa persona.

Las tradiciones asociadas a estas festividades dan a la trama un aura mágica ya que los personajes vivos parecen no sólo recordar a los difuntos sino también interactuar con sus almas. El lector escuchará las voces de los pobladores y de esa forma se convertirá en testigo del alma del pueblo. Su tono resuena con el estilo del Realismo Mágico que hiciera famoso Gabriel García Márquez con *Cien años de soledad*, Juan Rulfo con *Pedro Páramo*, o Laura Esquivel con *Como agua para chocolate*.

Elogios

La escritura de Mónica del Valle, a través de recrear el habla particular del pueblo, es capaz de capturar su alma más profunda. San Miguel se presenta ante los lectores y los hechiza.

Aline Pettersson, Escritora
Miembro del Sistema Nacional de Creadores de Arte (México)

Estaba encantada con la posibilidad de cruzar diferentes umbrales en esta pequeñísima comunidad, de escuchar sus charlas, oler los alimentos, conocer su manera de disfrutar la vida, celebrando en lugar de hacer duelo por los muertos. La antropóloga y la lectora común reunidas con gran placer.

Susana Glantz, MC, Antropóloga y escritora

Acerca de la autora

Mónica del Valle estudió la carrera de Comunicación en la Universidad Iberoamericana en la ciudad de México. Posteriores caminos de vida la llevaron a hacer estudios de maestría en Counseling Psychology en Pacifica Graduate Institute en California, EEUU, lo que le permitió ejercer una vocación de vida: atender al alma en profundidad.

Para ella, escribir ha sido tentación y placer; escuchar, un llamado; compartir todo lo que la toca y conmueve, una obsession.

Actualmente vive en la Ciudad de México en donde tiene una práctica privada en PsicoNutrición y desarrolla cursos en línea.

Mónica del Valle
psy_moni@yahoo.com
www.psiconutricion-mexico.com (Sitio Web en español)

Printed in the United States
By Bookmasters